reinhardt

Florence Develey (Hrsg.)

Auch Engel haben Hunger

24 Adventsgeschichten

Friedrich Reinhardt Verlag

Umschlaggestaltung: Bernadette Leus, www.leusgrafikbox.ch
Druck: Reinhardt Druck Basel
ISBN-10 3-7245-1423-9
ISBN-13 978-3-7245-1423-7

www.reinhardt.ch

Inhaltsverzeichnis

Florence Develey: Vorwort 7
Dieter Kaergel: Der zwölfte Engel galt als verloren 11
Marie-Luise Kaschnitz: Was für ein Fest? 15
Florence Develey: Manchmal kommt es anders 19
Willi Fährmann: Der Barbarazweig 23
Georg Pfleiderer: Eine unerwartete Begegnung 29
Victor Blüthgen: Das vertauschte Weihnachtskind 33
Trudi Gerster: Der krumme Tannenbaum 41
Agneta König: Der schwarze Engel 49
Theodor Leonhard: So war das mit den Engeln 53
Betina Ewerbeck: Der Sternmaler 57
Hans Christian Andersen: Das kleine Mädchen mit den Schwefelhölzern 61
Ulrich Knellwolf: Der verbrannte Weihnachtsbaum 65
Ruth Petitjean: Haben Engel Bauchnäbel? 69
Autor unbekannt: Die Puppe 73
Florence Develey: Auch Engel haben Hunger 77
Maria Aebersold: Der wunderbare Weihnachtsstern 81
-minu: Vor einer Stunde … 85
Barbara Noack: Bis es endlich soweit ist … 91
Florence Develey: Als wärs ein Zauber 99
Bruno Schlatter: Benno und der gestohlene schwarze Koffer 103
Bertolt Brecht: Das Paket des lieben Gottes 109
Max Bolliger: Il Panettone 113
-minu: Vier Katzen unterm Weihnachtsbaum 119
Bruno Schlatter: Die weihnachtlichen Streifzüge der Frau Fisch 125

Florence Develey

Vorwort

Unser Weihnachten ist das schönste. Diese Wahrheit ging mir im zarten Alter von drei Jahren auf, als ich in den obligaten Gummistiefeln – meine Mutter schwor zu jeder Jahreszeit auf dieses Schuhwerk – mit meinen Schwestern den Sandkasten unter dem Küchenfenster flutete. Wir hielten es für die einzige Möglichkeit, die langen Stunden zu überleben, die das Christkind zur Ablieferung der Pakete und zur Dekoration des Baumes brauchte. Je mehr Wasser wir aus den saisonal völlig unpassend geblumten, rotorange leuchtenden Kesseli über den Sand kippten, umso eher gelang es uns, die brennenden Fragen nach der Menge und Grösse der Geschenke, der Chance, allenfalls das Christkind wenigstens von hinten davonfliegen zu sehen, und dem Kleidchen, das Mutter für unseren grossen Auftritt unter dem Baum vorgesehen hatte, etwas zu verdrängen. Wenn wir dann endlich hereingerufen und etwas hektisch durch die Küche geschleust wurden – der Zutritt zum Wohnzimmer war strikte verboten, dort arbeitete ja mein Vater mit dem Christkind Hand in Hand (als Beweis wurden wir auf den dünnen Lichtstreifen unter der Tür, die Küche und Wohnzimmer verband, verwiesen) –, wurden wir im oberen Stock festlich gemacht. Ich bewundere heute noch das Tempo, mit dem sich meine Mutter anschliessend von, sagen wir, nicht wirklich strassentauglich in todschick zu verwandeln verstand. Am liebsten sah ich ihr beim Schminken zu. Vom Badwannenrand aus konnte ich alles genau beobachten. Wie die Augen durch das mit einem «Plöpp» aus einem schwarzen Gefäss gezogenen Bürstchen mit jedem Aufstrich an Ausdruck gewannen, wie das ganze Gesicht durch etwas Rouge auf den Wangen frischer und zugleich unnahbarer zu werden schien und wie die Lippen mit dem Rot, das mein Vater so liebte, wirklich aussahen, als könnte man damit nichts anderes tun, als sie zu küssen. Meistens war ihr Haar noch nicht fertig frisiert, als es unten klingelte und die Gäste mit lautem Hallo und einem unentwirrbaren Meer von Tragtaschen, Mänteln, Dessertträumen, Regenschirmen, Sträussen und der sperrigen Form wegen unmöglich zu verpackenden und deshalb in Leintuch gewickelten Geschenken das Entree stürmten. Mein Vater erschien etwas später (es dauerte immer, bis er das Christkind verabschiedet hatte); der dunkle Anzug war ein Muss und während er seine eben geaftershaveten Wangen den Damen zum Kuss anbot, versuchten seine Finger immer noch, die Enden seines weissen Hemdes mit goldenen Manschettenknöpfen zu verschliessen.

Nun wurde die ganze Gesellschaft nach oben zum champagnerbegleiteten Hauskonzert gebeten; man sass auf dem elterlichen Bett neben dem Klavier, nippte und sang. Unauffällig, so glaubte er wenigstens, stahl sich mein Vater davon, um wiederum in der Rolle des Christkindes die Kerzen am Baum zu entzünden. Dann, nach für uns viel zu vielen Liedern, ertönte das erlösende Glöcklein. Wir hörten allerdings nur das erste oder zweite «Glinglinglin», denn nun wurde es überdröhnt von Händels Halleluja, das in der bevorzugten Lautstärke meiner Eltern die «Ohs», «Ahs», «Uis» und «Mammamias» (letztere kamen von meiner italienischen Grossmutter), ausgelöst durch den Anblick des wunderbunten Baumes, der schicken Tafel und der glitzernden Geschenke, untergehen liess. Da stand man also, Arm in Arm, sah auf den erleuchteten Baum, verdrückte ein Tränlein der Rührung und freute sich – Grossmutter aufs Essen, wir auf die Pakete, Mutter darüber, dass nun doch alles irgendwie geklappt hatte, und Vater auf die Geschichte, die er gleich vorlesen würde. Kaum hatte man Händel per Volumeknopf zurückgedreht, wurde auf der Polstergruppe Platz genommen. Vater baute sich neben dem Baum auf, zog mit vielsagender Miene ein gefaltetes Papier hervor, hob seine buschigen Augenbrauen und begann mit zu einem Lächeln gespitzten Lippen zu lesen. Theatralisch las er, mein Papa; in vielen Stimmen und mit ausladenden Handbewegungen. An den entscheidenden Stellen der Geschichte rollte er gar das R, wie es richtige Schauspieler von der Bühne herunter tun.

Nun waren wir also mittendrin in unserem Weihnachten. Was folgte, war ein langes Geschenkeauspacken, viele Küsschen links, Küsschen rechts, vielen Dank, das hätt ich nie gedacht, wow, so schööön ... Dann ein üppiges Festtagsmenü, zum Schluss Zigarren und Schnaps für die Herren, eine zweite Dessertrunde für die Damen und schliesslich machten sich die, die noch mochten, auf zum Mitternachtsgottesdienst, die anderen gelobten, nie mehr so viel zu essen und gerne wiederzukommen.

Wir feiern heute noch so und es ist immer noch das schönste Weihnachten. Und weil wir eben jedes Jahr gleich feiern, hat sich über die Jahre in Vaters Bibliothek eine grosse Sammlung von Weihnachtsgeschichten angehäuft. Traurige, fröhliche, skurrile, nachdenkliche, fromme und weniger fromme. Mit diesem Buch möchte ich Sie an unserem Weihnachten teilhaben lassen, in dem ich Ihnen einen Adventskalender der besonderen Art vorlege: ein Buch mit 24 Geschichten, eine für jeden Tag im Advent, zum Vorlesen oder als stille Bettlektüre. Viele stammen aus der Sammlung meines Vaters, andere von Freundinnen, Bekannten und Berufskollegen. Sie sollen etwas von dem spürbar werden lassen, was zu Weihnachten gehört: Besinnung und Freude, Nähe und Einsamkeit, Streit und Hektik, Rührung und Heiterkeit. Sie sollen verstanden werden als kleine tägliche Verzauberungen in eine andere Weihnachtsstube, in eine andere Zeit, in eine andere Welt, die nur Weihnachten bringen kann.

Dieter Kaergel

Der zwölfte Engel galt als verloren

Der Fahrer Leip knöpfte sich die Lederjacke zu und sprang von der Laderampe in den Regen.

«Lassen Sie den Wagen stehen, wo er steht. Damit haben Sie nichts mehr zu tun, verstanden? Gehen Sie!»

Leip drehte sich langsam um. Der schwere, grosse Mann unter der glänzenden Schwarte seiner Jacke erschien dem Prokuristen auf der Rampe wie ein aufgerichteter Dickhäuter, den man nicht mit dem ersten Schuss zur Strecke bringt.

«Jawohl, Sie haben mich richtig verstanden, gehen Sie endlich!»

Leip sah das dürre Männchen im weissen Mantel vor den elf mannshohen Dekorationsengeln aus Presspappe stehen. Sie hielten die Arme ausgebreitet und an ihren Händen hingen die Drähte für die elektrische Installation wie zerrissene Fesseln herab. Im grellen Licht der Bogenlampen waren ihre Gesichter leere gelbe Scheiben. Sie sahen dort oben auf der Rampe aus wie riesige Insekten.

«Da lachen Sie noch?», rief er. «Bringen Sie gefälligst den zwölften Engel her. Unterwegs verloren! Als sei es das Natürlichste der Welt, einen Engel zu verlieren. Ist ja nicht mein Geld. Muss ja die Firma bezahlen. Sie irren sich, Herr Leip, Sie irren sich gewaltig!»

Die Stimme des Prokuristen überschlug sich. Leip sah den Mann gar nicht an. Er sah auf die Pappengel mit den runden Leibern. Als sie abgeladen und auf die Rampe gestellt wurden, hatte es geklungen, als staple man leere Fässer. Zwölf Engel – auf dem Lieferschein stand: zu Dekorationszwecken.

Freilich, jetzt waren es nur noch elf. Er hätte sie natürlich vertäuen sollen, einen an den anderen. Als er noch einmal prüfend unter die Wagenplane gestiegen war, ausgebreitete Arme nach hier und dort stakten, als verböten sie sich seine Zudringlichkeit, mochte er sie nicht anketten wie Sträflinge.

«Das werden Sie vor dem Chef zu verantworten haben!», krähte der Prokurist und schlug mit den Fingerknöcheln gegen einen Engel. Es klang, als schlage er auf eine Trommel. «Leip, Sie schädigen das Geschäft!» Leip wandte sich ab. Es interessierte ihn nicht mehr. Das Geschäft mit Weihnachten hatte er nie gemocht.

Indessen hatte der Prokurist die Polizei von dem Vorfall benachrichtigt, denn hier lag eine Verkehrsgefährdung vor, die der Firma nicht angelastet werden sollte. Die Erklärung des Vorfalls verlief nicht ohne einiges Hin-und-her-Fragen, denn schliesslich ist es auch für die Polizei nicht Routinesache, einen verlorenen Engel zu suchen. Und so ging durch den Sprechfunk der ungewöhnliche Auftrag an den Streifenwagen «Wolf», zwischen Haltendorf und der Hauptallee einen verlorenen Engel zu suchen.

«Jawohl, ein Weihnachtsengel, Grösse 1,90 m», wurde den Männern noch einmal bestätigt.

Die Geschäftsleitung wurde verständigt. Der Dekorateur sprach von einem Zusammenbruch seiner Planung, wenn dieser grösste und für das Treppenhaus bestimmte Engel als Blickfang ausfiele. Nein, er sei nicht zu ersetzen und eine improvisierte Lösung könne er sich im Hinblick auf seinen guten Ruf nicht erlauben. Dann müsse ein neuer Engel her, das sei aber bei der angespannten Lage des Ateliers nicht vor Ablauf einer Woche zu erreichen. Kurzum: Der verlorene Engel gefährde die Weihnachtsdekoration.

Den Herren der Geschäftsleitung blieb nur die Hoffnung, dass der Engel in noch einigermassen verwendbarem Zustand gefunden würde. «Der wird ja schliesslich nicht auf und davon geflogen sein wie im Weihnachtsmärchen!», rief der Direktor.

Der Kosmetikvertreter Schrader wusste nichts von einem verlorenen Engel, er war auf der Heimfahrt und hatte sich vom Sender Luxemburg zündende Melodien geholt, um der gefährlichen Müdigkeit entgegenzuwirken. Nur die weissen Lichtsäulen zeichneten die Fahrrinne durch die Nacht.

Da war plötzlich im auf- und niedertastenden Lichtstrahl etwas Weisses weit voraus aufgetaucht, verschwunden, dann hatte er es wieder im Lichtkegel. Er nahm den Fuss vom Gaspedal. Sonderbar! Das sah aus wie ein riesiger, auf der Strasse hockender Nachtfalter. Schrader trat auf den Bremshebel. Der Wagen rutschte nach links ab, die Scheinwerfer griffen ins Leere. Ein Schlag: hart, metallisch. Schrader fiel über das Lenkrad. Der Wagen stand. Die linke Tür liess sich nicht öffnen, stiess auf Widerstand. Schrader rutschte benommen auf der Sitzbank nach rechts, öffnete die Tür, sprang aus dem Wagen und stürzte. Glatteis! Seine Hände fuhren wie über Glas, als er sich emporstemmte. Er suchte nach dem sonderbaren Gegenstand auf der Fahrbahn, fand ihn schliesslich auch. Seine Hände fühlten einen mit einer feinen Eisschicht überzogenen Karton. Er tastete das Ding ab und hob es an. Es war verhältnismässig leicht. Er zog es hinter sich her in den Lichtkegel seiner Autoscheinwerfer, die eine grelle Schneise in die Nacht schnitten. Das war ja ein Engel, ein Engel mit gebrochenen Flügeln! Schrader, dem der Schreck noch in den Gliedern sass, richtete den Engel auf, bog die Flügel zurecht und setzte den Kopf wieder gerade auf die Schultern. Das war eine Begegnung, die ihm niemand glauben würde. Ein Engel, unvermittelt zwischen zwei Kilometersteinen, ein Weihnachtsengel!

Nun war Schrader alles andere als ein Träumer. Die Lichtschneise erinnerte ihn an den Wagen und an das unvermutete Glatteis bei plötzlich aufklarender Nacht. Am Auto stellte er einen nur geringfügigen Blechschaden fest. Er konnte den linken hinteren Kotflügel mit den Händen vom Reifen abziehen.

Dann entschloss er sich, dem Engel einen besonderen Auftrag zu geben. Er holte einen Lippenstift aus seinen Warenproben und schrieb damit in grossen Buchstaben auf das steife, weisse Gewand: Glatteis! Er schob den Engel auf die rechte Strassenseite, stellte ihn so, dass er mit seinen ausgebreiteten Armen weithin sichtbar war, und stieg wieder in seinen Wagen.

Es bleibt jetzt eigentlich nur noch zu sagen, dass der zwölfte, der verlorene, Engel einiges Aufsehen erregte. Die Tagespresse zeigte ihn im Bild, sie berichtete nicht nur von dem eigenartigen Vorfall, sondern auch davon, dass nicht weniger als neun Kraftfahrer ausgestiegen waren und ein «Danke» dem Engel aufs Kleid geschrieben hatten. Der Streifenwagen der Polizei hatte den Schutzengel in jener Nacht am Strassenrand belassen. Die Direktion liess den Engel dann im Warenhaus mit aller Bemalung ausstellen, der Dekorateur schwor darauf, dass sie einen einzigartigen Effekt abgebe, und der Prokurist sprach vom Glück im Unglück.

Dem Fahrer Leip wurde nicht gekündigt, er erhielt für seinen unfreiwilligen Beitrag zur Geschäftserhebung eine Flasche Sekt, aber die wies er zurück.

Er mochte das Geschäft nicht, das man mit seinem Engel machte.

Marie-Luise Kaschnitz

Was für ein Fest?

Der kleine Junge hockte auf dem Fussboden und kramte in einer alten Schachtel, aus der er einiges zutage förderte: ein paar Röllchen schmutzige Nähseide, ein verbogenes Wägelchen und einen silbernen Stern. «Was ist das?», fragte er und hielt den Stern hoch in die Luft.

Die Küchenmaschinen surrten, der Fernsehapparat gab Männergeschrei und Schüsse von sich, vor dem grossen Fenster bewegten sich die kleinen Stadthubschrauber vorsichtig auf und ab. Der Junge stand auf und ging unter die Neonröhre, um den Stern, der aus einer Art von Glaswolle bestand, genau zu betrachten.

«Was ist das?», fragte er noch einmal.

«Entschuldige», sagte die Mutter am Telefon, «das Kind plagt mich, ich rufe dich später noch einmal an.» Damit legte sie den Hörer hin, schaute herüber und sagte: «Das ist ein Stern.»

«Sterne sind rund», sagte der kleine Junge.

«Zeig mal», sagte die Mutter und nahm dem Jungen den Stern aus der Hand. «Es ist ein Weihnachtsstern», sagte sie.

«Ein was?», fragte das Kind.

«Jetzt hab ich es satt!», schrie der Mann auf der Fernsehscheibe und warf seinen Revolver in den Spiegel, was beträchtlichen Lärm verursachte. Die Mutter drückte auf eine Taste, der Lärm hörte auf und das Bild erlosch. «Etwas von früher», sagte sie in die Stille hinein, «von einem Fest.»

«Was war das für ein Fest?», fragte der kleine Junge.

«Ein langweiliges», sagte die Mutter schnell. «Die ganze Familie stand in der Wohnstube um einen Baum herum und sang Lieder oder die Lieder kamen aus dem Fernsehen und die ganze Familie hörte zu.»

«Wieso um einen Baum?», fragte der Junge. «Der wächst doch nicht im Zimmer?»

«Doch», sagte die Mutter, «das tat er an einem bestimmten Tag im Jahr. Es war eine Tanne, die man mit brennenden Lichtern oder mit kleinen bunten Glühbirnen besteckte und an deren Zweige man bunte Kugeln und glitzernde Ketten hängte.»

«Das kann nicht wahr sein», sagte das Kind.

«Doch», sagte die Mutter, «und an der Spitze des Baumes befestigte man den Stern. Er sollte an den Stern erinnern, dem die Hirten nachgingen, bis sie den kleinen Jesus in seiner Krippe fanden.»

«Den kleinen Jesus?», fragte das Kind aufgebracht, «was soll denn das nun wieder sein?»

«Das erzähle ich dir ein andermal», sagte die Mutter, die sich an die alte Geschichte erinnerte, aber nicht mehr genau.

Der Junge wollte aber von den Hirten und der Krippe gar nichts mehr hören. Er interessierte sich nur für den Baum, der im Zimmer wuchs und den man verrückterweise mit brennenden Lichtern oder mit kleinen Glühbirnen besteckt hatte.

«Das muss ein schönes Fest gewesen sein», sagte er nach einer Weile.

«Nein», sagte die Mutter heftig, «es war langweilig. Alle hatten Angst davor und waren froh, wenn es vorüber war. Sie konnten den Tag nicht abwarten, an dem sie dem Weihnachtsbaum seinen Schmuck wieder abnehmen und ihn vor die Tür stellen konnten, dürr und nackt.» Und damit streckte sie ihre Hand nach den Tasten des Fernsehapparates aus.

«Jetzt kommen die Marspiloten», sagte sie.

«Ich will aber die Marspiloten nicht sehen», sagte der Junge. «Ich will einen Baum und ich will wissen, was mit dem kleinen Sowieso war.»

«Es war», sagte die Mutter ganz unwillkürlich, «zur Zeit

des Kaisers Augustus, als alle Welt geschätzt wurde.»

Aber dann erschrak sie und war wieder still. Sollte das alles noch einmal von vorne anfangen? Zuerst die Hoffnung und die Liebe und dann die Gleichgültigkeit und die Angst? Zuerst die Freude und dann die Unfähigkeit, sich zu freuen, und das Sich-Loskaufen von der Schuld?

«Nein», dachte sie, «ach nein.» Und damit öffnete sie den Deckel des Müllschluckers und gab ihrem Sohn den Stern in die Hand.

«Sieh einmal», sagte sie, «wie alt er schon ist, wie unansehnlich und vergilbt. Du darfst ihn da hinunterwerfen und aufpassen, wie lange du ihn noch siehst.»

Das Kind gab sich dem neuen Spiel mit Eifer hin. Es warf den Stern in die Röhre und lachte, als er verschwand. Aber als es draussen an der Wohnungstür geklingelt hatte und die Mutter hinausgegangen war und wiederkam, stand das Kind wie vorher über den Müllschlucker gebeugt.

«Ich sehe ihn immer noch», flüsterte es. «Er glitzert. Er ist immer noch da.»

Aus: Marie-Luise Kaschnitz, Gesammelte Werke, Band 4,

Florence Develey

Manchmal kommt es anders

Es hätte eine schöne Feier werden sollen. Nichts Pompöses, aber ein netter Abend in der Familie, mit einem Schmorbraten, Kerzen und ein paar gemeinsam gesungenen Weihnachtsliedern. Iris hatte sich gewünscht, mal wieder Heiligabend zu feiern wie früher, als sie selbst noch Kind war. Sie hatte diese Idee geäussert, als Ralf nach einem verpatzten letzten Beziehungsjahr und einer ebensolchen Weihnacht ausgezogen war, um es mit seiner ersten Liebe nochmals zu versuchen. Iris hatte daraufhin ihre Mutter angerufen. Die Verbindung war schlecht und Erna war sich zunächst nicht sicher, tatsächlich ihre Tochter am Draht zu haben. «Iris, bist du es? Ich kann dich kaum verstehen!» Wie lange war es schon her, dass sie ihre Stimme zuletzt gehört hatte? Es müssen Monate gewesen sein. Seit der Geburt des zweiten Kindes hatte Iris noch weniger Geduld als zuvor und hatte sich am Telefon immer häufiger verleugnen lassen. Madame sei ausser Haus, Madame sei im Bad, Madame sei am Stillen; Erna kannte die unsicheren Ausreden des nigerianischen Kindermädchens, die ihr mit hohler Stimme über die Telefondrähte aus der anderen Hemisphäre zugetragen wurden. Und so hatte Erna aufgehört, um die Zuwendung ihrer Tochter zu buhlen, und zwang sich, der Versuchung zu widerstehen, ins Flugzeug zu steigen, um ihre Enkel zu sehen. Und nun war sie dran, ihre Iris, am anderen Ende der Leitung und kündigte an, Weihnachten zu Hause verbringen zu wollen. Für Erna begann damit Weihnachten schon anfangs des Jahres. Ein Lächeln verzauberte ihr Gesicht, wenn immer sie daran dachte. Ihre Tochter würde kommen und würde ihre Kinder mitbringen. Sie würden in der Küche zusammensitzen wie früher, bei einer dampfenden Tasse Tee, und darüber beratschlagen, was sie kochen wollten. Sie würde ihren Enkeln Geschichten von ihrem Grossvater erzählen, von den Bergen, wo er herkam, von den Schafen und Kühen, mit denen er gross geworden ist. Sie würde ihnen beim Zähneputzen zusehen und ihnen helfen, zum Wasserhahn zu greifen. Den Zoo wollte sie ihnen zeigen und das Münster und freilich auch den Weihnachtsmarkt. Und ihre berühmte heisse Schokolade würde sie ihnen kochen und …

Erna ertappte sich dabei, dass sie ihre Pläne für die Weihnachtstage laut vor sich her sagte. Es war ihr peinlich, weil sie gelesen hatte, dass es einsame Menschen seien, die laut mit sich redeten. Menschen, denen niemand mehr zuhört ausser sie selber. Das war doch nicht so. Sie hatte ja Hildi. Gut, sie sah Hildi nicht mehr so oft seit deren Hüftoperation. Hildi klagte über Dauerschmerzen und verliess kaum das Haus. Besuch war ihr auch nicht mehr angenehm, weil sie stets fürchtete, die Schmerzen würden vom langen Sitzen stärker und sie fände die Kraft nicht mehr, sich hinzulegen. Aber telefonieren, das konnte sie noch und tat es gern. Jeden Morgen um punkt sieben Uhr rief sie ihre Freundin an. Erna hätte ja gerne etwas länger geschlafen, aber sie traute sich nicht, es Hildi zu sagen. Sie versuchte es ihr indirekt mitzuteilen, indem sie mit übertrieben verschlafener Stimme den Hörer abhob und ein «Ja, Heidmann, wer ist da?» hineinraunte. Aber Hildi hörte es nicht, denn sie war schon mitten in ihrem Lamento über die schlechte Nacht, die sie gehabt habe; kein Auge habe sie zugetan, die Uhr vom Martinsturm alle Viertelstunden schlagen hören und sich vor lauter Schmerzen nicht zu rühren gewagt.

An diesem Dezembermorgen kam der Anruf früher als gewohnt. Das schrille Klingeln des altmodischen Telefons auf dem Nachttisch riss Erna aus ihren Träumen. Der Wecker zeigte 6.35 Uhr. «Mutter, kannst du mich hören? Ich bins –

Iris. Stell dir vor, Mama, ich habe mich verliebt! Ja, verliebt habe ich mich! Er heisst Ron, lebt hier in Lagos und hat auch zwei Söhne. Wir haben beschlossen, alle zusammenzuleben. Ich bin so aufgeregt, darum konnte ich nicht schlafen und wollte es dir gleich sagen! Ja, ich schicke dir die neue Nummer, bald, versprochen. Und du, jetzt, wo wir dann umziehen und so – wir werden es nicht schaffen, an Weihnachten zu kommen. Die Kinder müssen sich erst mal auf das Neue hier einstellen, du verstehst? Aber nächstes Jahr, da kommen wir. Alle zusammen, versprochen!» Iris schwärmte noch einige Sätze lang von Ron, dem neuen Haus und sagte dann: «Du, ich muss jetzt Schluss machen. Wish me luck, Mama, bis bald, bye-bye.» Erna legte den Hörer auf und blieb auf der Bettkante sitzen. Minutenlang, stundenlang. Sie hob nicht ab, als Hildi um sieben anrief und auch nicht, als sie es um acht nochmals versuchte. Erna starrte ins Leere und fühlte sich so einsam wie nie zuvor in ihrem Leben. Was würde jetzt werden? Welchen Sinn hatte ihr Leben noch? Da zu sein, um Hildis Klagen anzuhören? Aus dem ersten Stock hörte sie den Hund bellen. «Das ist es, was ich noch zu erwarten habe: dass mich irgendwann die Hunde finden», schoss es ihr durch den Kopf. Und dann sass sie wieder da, emotionslos und leer. Das Hundegebell aber wurde lauter. So laut, dass es Ernas Dumpfheit zu durchdringen vermochte. «Das ist doch nicht normal, dass sich Blacky nicht mehr beruhigt.» Erna erhob sich aus ihrer Starrheit und zog sich an. Sie öffnete die Tür zum Flur und schritt die Treppe hinunter. Sie zögerte. Sollte sie klingeln? Sie kannte Herrn Kummli kaum, eigentlich nur vom Sehen, wenn er mit dem Hund die Strasse auf und ab ging. Er grüsste jeweils mit einem kurzen Nicken und verschwand sofort im Hauseingang. Er mochte etwas älter sein als sie, achtundsiebzig vielleicht. Und wenn sie jetzt fragte, ob alles in Ordnung sei und warum der Hund so bellte, könnte er es womöglich falsch verstehen. Seis drum. Sie fasste sich ein Herz und klopfte. Keine Antwort. Sie klopfte wieder, aber ausser Blackys Gebell drang kein Laut aus der Wohnung. Etwas konnte nicht stimmen. Herr Kummli ging niemals ohne seinen Hund aus dem Haus. «Ich muss den Hausmeister holen», sagte sich Erna. Ja, er höre den Hund auch, meinte dieser, aber er könne doch nicht einfach in eine fremde Wohnung eindringen, Zweitschlüssel hin oder her. Der Kummli hole sich ja den Tod, wenn da plötzlich die Tür aufgehe. Erna brauchte all ihre Überredungskunst, bis sie den Hausmeister dazu brachte, ihr in den ersten Stock zu folgen.

Blacky hörte sofort auf zu bellen, als sie die Tür öffneten. «Herr Kummli?», fragte Erna schüchtern in den Raum. Es war der Hausmeister, der ihn zuerst sah. «Rufen Sie den Notarzt, schnell!»

Keine zwei Stunden später standen Erna und der Hausmeister in der Einfahrt und sahen dem Leichenwagen nach. Der Hausmeister kreuzte die Arme vor der Brust. «Der arme alte Kummli. Tja, so gehts im Leben. Nur gut, dass er den Blacky hatte, sonst hätten wir ihn womöglich erst aufgrund seines Gestanks entdeckt. Er wäre sicher froh zu wissen, dass Blacky schon ein neues Plätzchen gefunden hat.» Er strich dem schwarzen Hund, der sich zwischen die beiden gesetzt hatte, über den Kopf. «Ja, ja, du kannst der Frau Heidmann dankbar sein, dass sie dich nimmt. Was hättest du wohl gemacht ohne sie? Sei brav, Blacky, denn du brauchst sie.» «Du ahnst nicht, kleiner Hund, wie sehr *ich dich* brauche», dachte Erna, während sie seinen Kopf kraulte. Laut sagte sie bloss: «Was für ein Tag!»

Willi Fährmann

Der Barbarazweig

Es war damals, als der Bergbau an der Ruhr noch in den Kinderschuhen steckte. Wie viele andere Männer auch hatte Anton Poggensiepel beschlossen, einen Stollen tief in den Berg zu treiben. Sein jüngerer Bruder Andreas und dessen drei Söhne halfen ihm dabei. Im Laufe der Jahre waren sie auf manches reiche Kohlenflöz gestossen und hatten es zu einem gewissen Wohlstand gebracht. Nun hatten die Söhne schon Kinder. Anton Poggensiepel hatte in seinen besten Jahren einen Zweizentnerstein dreimal hoch über den Kopf stemmen können. Aber dann kam das Rheuma und zog ihm die Knochen krumm. Immer seltener wagte er sich in den feuchten Schacht. Wenn es jedoch eine brüchige Stelle zu verbauen gab, dann holten ihn die jungen Poggensiepels und fragten um Rat. Denn wie kaum ein zweiter weit und breit verstand Anton die geheime Sprache des Berges, das Ächzen der hölzernen Stempel, das Knirschen im Gestein, das Ticken der Wassertropfen.

Eines Abends sass er nahe beim Herd und paffte seine Pfeife. Die Anna, eine Enkelin von Andreas, hockte sich neben ihn und bat: «Erzähle mir was, Onkel Anton. Erzähle von früher.»

«Die Geschichte von dem bösen Zwerg Galubreit, der den Bergleuten die Lampen ausbläst, damit sie sich verirren?»

«Nein. Die Lügengeschichte hast du schon so oft erzählt. Wahre Geschichten will ich hören, Onkel. Vergiss nicht, dass ich schon zwölf bin. Ich will keinen Kinderkram hören.»

«Gut», sagte Anton, «dann will ich dir von der Zeit erzählen, als unsere Schutzpatronin, die heilige Barbara, noch gelegentlich in unser Pütt kam.»

«Das glaube ich nie! Nie! Nie! Barbara hat im Morgenland gelebt und war nie an der Ruhr. Das hat uns der Pfarrer gesagt. Und ob es überhaupt eine Barbara gegeben hat, das ist auch nicht ganz sicher. Das hat uns der Lehrer gesagt. Erzähl mir wahre Geschichten.»

Jetzt bockte Anton. «Von der heiligen Barbara wissen wir Bergleute mehr als alle Pfarrer und Lehrer zusammen», sagte er. Eine Weile schwieg er. Aber dann fuhr er versöhnlicher fort: «Siehst du, Anna, was dort auf dem Tisch in der Vase steht?»

«Ja», antwortete sie, «ein dürrer Zweig. Du hast ihn doch gestern selbst vom Kirschbaum geschnitten.»

«Du hast Recht und ich sage dir, der Winterzweig wird noch vor Weihnachten Blüten tragen.»

«Schon wieder eine Lügengeschichte», lachte Anna. «Wenn der trockene Zweig da Blüten schlägt, Onkel Anton, dann kannst du mir deine Geschichte von der Barbara erzählen. Und ich verspreche dir: Dann will ich sie glauben.»

«Die Anna wird ein richtiges kleines Biest», sagte Anton.

Zehn Tage später kam Andreas mit den Söhnen aus dem Berg. «Du musst kommen», sagte er. «Wir haben ein neues Flöz aufgeschlossen. Mächtig, sag ich dir. Man kann aufrecht daneben stehen.»

«Und warum soll ich runter?», fragte Anton.

«Ich weiss nicht, ich hab ein ziemlich komisches Gefühl.»

«Heut ist es zu spät», sagte Anton. «Aber morgen. Morgen ist Sonntag. Ich sehs mir mal an.»

«Ist gut», antwortete Andreas.

Nach der Frühmesse hängte Anton seinen Sonntagsanzug in den Schrank und zog die Alltagskleider an. Er hob den kleinen Kirschzweig aus dem Wasser und sah, dass er ein paar Knospen getrieben hatte. «Dich stecke ich ins Knopfloch», murmelte er. «Schliesslich ist Sonntag heut.» Wie stets, bevor er losging, prüfte er die Lampe und füllte Öl nach. Dann stieg er in den Schacht. Bald hatte er den neuen Querschlag erreicht. «Dunnerkiel», sagte er zu sich selbst, «das ist ja ein mächtiges Flöz. Da juckt es einem in den Händen.» Er schaute sich um. «Tüchtige Kumpel sind die Jungen geworden», sagte er. «Haben alles gut verbaut.» Er stiess mit dem Fuss gegen einen Meissel. «Nur Ordnung können sie nicht halten.» Er hob den Meissel auf. Eine halb gefüllte Ölkanne stellte er zur Seite und knurrte: «Ordnung ist das halbe Leben. Man soll es nicht glauben, die Kanne lassen sie hier herumstehen und sogar seine Blechtasse hat einer liegen lassen.» Schon wollte er sie aufheben, da sah er, dass die Tasse wohl absichtlich an diesen Platz gestellt worden war. Sie war randvoll mit Wasser, und in regelmässigen Abständen tropfte es von dem hängenden Gestein genau hinein. Ausser diesem regelmässigen «klick, klick» war jedoch kein Laut zu hören. Anton klopfte mit dem Meissel gegen einen Stempel. Das Holz sang den richtigen Ton. «Was mag meinem Bruder wohl komisch vorgekommen sein?», sagte er und schüttelte den Kopf.

Aber dann gab ihm der Berg eine Antwort. Ein Knistern lief durch das Gestein, Donnergrollen schliesslich, wütendes Gekreisch. Anton hatte sich dicht neben dem Stempel zu Boden geduckt. Ein Luftzug blies die Lampe aus. Staub wirbelte auf und stieg ihm in die Nase. Wie taub waren Antons Ohren. Mit einem Male hörte er jedoch das Wasser wieder in die Blechtasse tropfen.

Noch bevor er seine Lampe angezündet hatte, wusste Anton es: Der Berg war gebrochen. Kaum zehn Meter auf den Stollen zu versperrte ihm ein wüstes Durcheinander von Steinen und Stempeln den Weg. Angst überfiel ihn und er begann wie rasend mit dem Meissel einige Steinbrocken loszuheben und zur Seite zu rollen. Anderes Gestein rutschte nach. Keuchend und schweissnass hielt er ein. Er fasste wieder klarere Gedanken. «Mit diesem Werkzeug ist es zwecklos», sagte er sich. «Das einzige, was ich jetzt tun kann, das ist warten und klopfen und klopfen und warten.» Er begann mit dem Meissel das vereinbarte Zeichen auf den Stein zu schlagen. Dreimal der helle Klang von Eisen auf Stein. Eine Atempause. Dann wieder «pick, pick, pick». Pause. Signale. Pause. Signale. Er griff nach dem Becher und trank einen Schluck von dem Wasser. Es schmeckte bitter. Er nestelte an seiner Jacke und senkte den Kirschzweig in das Wasser. «Wir werden es wahrscheinlich nie erfahren, ob sie Blüten schlägt, die Anna und ich», dachte er. Dann klopfte er wieder das Zeichen. Er stellte die Lampe dicht neben den Zweig. «Manchmal hat auch Unordnung ihre guten Seiten», gab er zu, griff nach der Ölkanne und füllte die Lampe wieder. «Das Licht jedenfalls wird vorläufig nicht verlöschen.»

Stunde um Stunde klopfte er, sang alle Lieder, die er kannte, sang leise vor sich hin, betete die Texte, die er auswendig wusste, dachte an die Zeit, in der er noch einen Zweizentnerstein stemmen konnte, und an die Anna. Und gelegentlich auch an die heilige Barbara. «Nur nicht einschlafen», befahl er sich selbst. «Nur nicht einschlafen.»

Er klopfte und lauschte und klopfte. Ab und zu nickte er doch ein. Wie lange, er wusste es nicht. Meist weckte ihn ein bohrender Schmerz in Schultern und Schenkeln. «Das Rheuma», stöhnte er dann. Er wusste, dass er schon sehr lange in der Falle sass. Er sah es, als er wieder einmal einen kleinen Schluck aus dem Bitterwasser trank. An dem Zweig waren die Knospen geschwollen und es zeigte sich ein Hauch von Grün. Ein irrer Gedanke schoss ihm durch den Kopf: «Wenn der Zweig aufblüht, dann komme ich hier raus. Wenn nicht ...»

Stunden vergingen, Tage. Sein Klopfen war kraftlos geworden. Der Meissel brannte ihm bei jedem Schlag in den Handflächen. Schliesslich gab er nur noch selten das Zeichen.

Sie fanden ihn am siebten Tag und schleppten ihn durch den Berg ans Licht. Tage und Nächte hatten sie geschuftet und ängstlich den immer schwächer werdenden Zeichen gelauscht. Endlich war der niedrige Rettungsstollen bis an das Flöz vorangetrieben worden.

Da lag Anton auf dem Rücken, zu Tode ermattet. In seiner Faust hielt er einen kleinen Zweig umklammert, einen Zweig, an dem die erste Blüte sich weiss entfaltet hatte.

«Wurde auch Zeit», stiess Anton mit heiserer Stimme hervor, als er die Retter erkannte.

Später, als er in seinem Bett lag und es vor heftigem Gliederreissen kaum aushalten konnte, da schlich sich die Anna in seine Kammer. «Musst mir bald wieder erzählen, Onkel Anton», sagte sie. «Lauter wahre Geschichten von früher.»

«Als die heilige Barbara noch in den Berg kam?», fragte er.

«Ja», antwortete sie. «Lauter wahre Geschichten.»

Georg Pfleiderer

Eine unerwartete Begegnung

Die Geschichte, die mir zum Advent einfällt, ist eigentlich gar keine richtige Adventsgeschichte. Sie ist eigentlich die Geschichte einer sonderbaren Begebenheit, die schon einige Jahre zurückliegt. Ob sie eine Adventsgeschichte ist, hängt vielleicht davon ab, ob man möchte, dass es eine ist.

Die Geschichte handelt von meiner Grossmutter, die eine sehr vitale und zugleich lebenskluge Frau war, die fünf Kinder geboren, noch einige weitere mit grossgezogen und jahrzehntelang das grosse Haus einer Stuttgarter Chefarztfamilie geführt hatte. Und sie war es gewohnt, im Mittelpunkt zu stehen. Darum fiel ihr das Altwerden und insbesondere das zwangsläufige «An-den-Rand-Treten» nicht leicht. Am schwersten wurde ihr der Tod ihres Mannes. Sie war damals noch keine siebzig.

In der für sie dunklen Zeit danach, in der sie auch für uns wirklich schwierig wurde, reizbar und zugleich depressiv, reiste sie einmal mit ihrer Tochter und deren beiden damals halbwüchsigen Söhne im Auto von Zürich zu uns nach Freiburg im Breisgau. Das war in der Vorweihnachtszeit; ich erinnere mich noch genau, am vierten Advent, und zwar ganz früh morgens. Man wollte nämlich zur Gottesdienstzeit in Freiburg sein (meine Grossmutter war damals ziemlich fromm). Aber sie haben den Gottesdienst verpasst und der Grund ist die sonderbare Begebenheit, die ich erzählen möchte.

Es muss etwa gegen sieben Uhr morgens gewesen sein, als sie – der Autobahnzoll war damals noch im Bau – am Grenzübergang in Weil-Friedlingen ankamen. Gleich hinter der Grenze hatte meine Grossmutter ein sehr dringendes Bedürfnis. So stürzte sie aus dem Auto und eilte – ohne sich, stark kurzsichtig wie sie war, in der nebligen Dunkelheit genauer umzusehen – in die nächstbeste Lokalität am Strassenrand, die zum Glück (wie sie glaubte) schon geöffnet war. Drinnen folgte sie, wieder ohne sich viel umzusehen, den hilfreichen Hinweisschildern. Erleichtert machte sie sich dann auf den Rückweg. Aber sie hatte Mühe, den Ausgang zu finden; irgendwer musste inzwischen das Licht ausgemacht haben. Und als sie die Tür endlich im Dämmerlicht gefunden hatte, war diese verschlossen. Kein Rütteln half. Sie rief. Niemand kam. Dann rief sie lauter (meine Grossmutter konnte sehr laut rufen). Und endlich kam jemand. Aber nicht von draussen, sondern aus dem Oberstock des Hauses die Treppe herunter. Das Licht ging an. Es war eine Frau Anfang dreissig, in einem Négligé, das meine Grossmutter trotz ihrer Kurzsichtigkeit die Augenbrauen hochziehen liess. Die Frau sah müde aus und hatte sich offenbar gerade hingelegt gehabt. Der Aufzug der Frau, die Bar, der Plüsch, die Séparées – jetzt begriff meine Grossmutter, wo sie gelandet war.

Die Frau war ungehalten, meine Grossmutter vermutlich nicht minder. Was sie hier wolle, wie sie dazu käme … Nein, sie könne meine Grossmutter nicht hinauslassen. Der Besitzer des Etablissements habe von draussen abgeschlossen, wie er das immer tue, morgens, wenn Schluss ist, und er habe den Schlüssel mitgenommen, nein, sie habe keinen Schlüssel und einen anderen Ausgang gebe es nicht, die Fenster seien vergittert. Und der Chef werde sich schön freuen, wenn er in zwanzig Minuten zu Hause sei und er dann wieder zurückfahren müsse, um sie rauszulassen, da könne sie was erleben. Und teuer wird das bestimmt auch. Sie selbst wolle ins Bett, hier sei die Telefonnummer, die solle meine Grossmutter in einer Viertelstunde anrufen. Das koste aber schon mal fünf Mark.

Wie meine Grossmutter genau reagiert hat auf den Wortschwall, weiss ich nicht. Das hat sie uns nicht erzählt. Meine

Grossmutter war eine praktische Frau; wenn es unangenehm wurde, hat sie auch in jenen Jahren, als ihr Nervenkostüm dünner war als sonst, rasch gemerkt, dass hier ein Lamento nicht hilft. So hat sie sich hingesetzt auf einen Barhocker und wohl gesagt: Na, dann halt. Und dann hat sie sich die Dame genauer angeschaut. Das konnte meine Grossmutter; sie hat sich sehr rasch ein Bild machen können von einem Menschen. Die Frau sei hübsch gewesen, sie habe ein ausdrucksvolles Gesicht gehabt, das habe man trotz der Müdigkeit, den Ringen unter den Augen, die nicht nur von dieser Nacht stammten, gesehen. Eigentlich sei ihr die Frau trotz ihrer unerfreulichen Art sympathisch gewesen.

Vielleicht war es die Weise, wie meine Grossmutter sie angesehen hat. Jedenfalls ist die Frau nicht gleich wieder hinaufgegangen, sondern hat sich ebenfalls an die Bar gesetzt. Und dann haben die beiden Frauen miteinander geredet. Warum sie das mache, wollte meine Grossmutter wissen, sie sehe doch gut aus und wirke intelligent, solche Arbeit habe sie doch bestimmt nicht nötig. Meine Grossmutter konnte sehr direkt sein. Zuerst meinte die Frau wohl, es gehe sie nichts an, davon verstehe sie bestimmt nichts, sie komme aus einer anderen Welt. Aber dann hat sie ihr doch erzählt, die Arbeit sei sehr hart, aber andere Arbeit sei für sie auch hart, und dies sei immer noch die beste Art, schnell an das Geld zu kommen, das sie brauche. Vor allem für ihr Kind, einen Sohn von acht Jahren. Mit dem wohne sie einige hundert Kilometer entfernt von hier auf einem Dorf. So könne sie es sich erlauben, immer ein paar Wochen am Stück zu arbeiten und dann wieder ganz bei ihrem Kind zu sein. Während sie weg ist, sei der Sohn bei einer Pflegefamilie. Das klappe ganz gut.

Meine Grossmutter hat gefragt: Und wenn sie einen Mann kennen lernen, der Ihnen wirklich gefällt, den Sie lieben, was ist denn dann? Ja, das sei dann halt schwierig, aber auf einen solchen Mann warte sie noch. Ob sie das nicht verstehe? Doch, das hat meine Grossmutter schon verstanden. Sie war, wie gesagt, ein praktischer Mensch und was Warten ist, hat sie auch gewusst. Wissen Sie, hat sie zu der Frau gesagt: Auf meinen Mann habe ich auch furchtbar oft gewartet, manchmal nächtelang, weil er mal wieder zu einer Geburt gerufen wurde oder weil einfach sonst zu viel Arbeit im Spital war. Vielleicht sollten wir Frauen nicht immer auf einen Mann warten, so wie wir jetzt zum Beispiel. Oder wenn, dann nur auf den richtigen – gerade im Advent.

Das musste dann doch noch sein, die kleine Doppeldeutigkeit. Meine Grossmutter war damals, wie gesagt, eine ziemlich fromme Frau. Ob die Bardame sie verstanden hat, weiss ich nicht. Aber das ist vielleicht auch nicht so wichtig.

Victor Blüthgen

Das vertauschte Weihnachtskind

Klein Elsbeth war fünf Jahre alt und hatte es recht gut auf der Welt, denn erstens brauchte sie noch nicht in die Schule gehen, zweitens hatte sie in der schönen, grossen Wohnung der Eltern ein eigenes Zimmerchen für sich, das voll niedlicher Möbel war, darunter ein Schrank ganz voll Spielsachen, und drittens hatte sie immer Unterhaltung, nämlich ein Fräulein, das immer bei ihr war und sich mit ihr beschäftigte, weil Papa meistens im Geschäft war und Mama viel schlafen und Besuche machen musste. Wenn aber recht schönes Wetter war, durfte der Kutscher aufspannen und dann fuhr sie mit Fräulein spazieren.

Na, der Kutscher! Den mochte sie zu gern. Der war immer so spassig und wenn er Besorgungen gemacht hatte, brachte er ihr immer was zu naschen mit.

Ihr einziger Kummer war, dass sie kein Brüderchen hatte, so eine richtige lebendige Puppe. Im ganzen Haus war sie das einzige Kind, auch Doktor Krauses im oberen Stock, die noch nicht lange eingezogen waren, hatten keine Kinder. Aber lieb war die Frau Doktor, Elsbethchen durfte manchmal zu ihr hinaufgehen mit Fräulein und dann spielte die Frau Doktor ganz richtig mit ihr, als wenn sie auch ein kleines Mädchen wäre.

Weihnachten kam heran und eines Abends erschien – rate mal, wer? Der Knecht Ruprecht.

Fräulein hatte schon vorher gesagt: «Wo nur der Knecht Ruprecht bleibt? Kommen wird er sicher. Wir müssen uns nur überlegen, was wir uns zu Weihnachten wünschen, damit wir ihm das sagen können.» Das war nun eine wichtige Sache. Es war denn auch eine ganze Liste zusammengekommen, Fräulein hatte alles aufgeschrieben und Elsbeth hatte ihren

Namen und die Strasse und Hausnummer drunter schreiben müssen, Fräulein hatte ihr die Hand geführt.

Und nun stapfte es vor der Tür, gerade als Fräulein das Märchen vom ehrlichen Laubfrosch erzählte, und die Tür ging auf und herein kamen Äpfel, Nüsse und eingewickelte Bonbons und hinterher der Ruprecht. Er brummte wie ein Bär durch seinen weissen Bart und sprach beinahe so wie Heinrich der Kutscher, Elsbeth musste beten und dann sollte sie sich etwas zu Weihnachten wünschen. Da holte Fräulein den Zettel für Elsbeth und auch ihren eigenen und der Ruprecht ging damit ab.

Elsbeth war ja nun sehr befriedigt und Fräulein half mit auflesen; auf einmal aber schrie Elsbeth: «Fräulein, Fräulein!»

«Was denn?»

«Ich habe was vergessen.»

«Was hast du denn vergessen?»

«Ich will ja ein kleines Brüderchen haben, das ist die allergrösste Hauptsache. Hole doch den Ruprecht noch einmal!»

«Schade, der ist aber schon weit fort. Weisst du was? Wir schreiben an ihn. Die Post weiss gewiss seine Adresse; er wird wohl mehr Briefe bekommen.»

Das war ein Trost. Fräulein nahm Papier und Feder und Elsbeth musste diktieren.

«Lieber Knecht Ruprecht! Entschuldigen Sie, wenn ich störe», so sagte nämlich Fräulein immer zur Mama, «ich wünsche mir am allermeisten ein kleines Brüderchen, bitte, bitte! Es grüsst Sie Ihre Elsbeth.»

«Die Adresse schreibe ich dazu», sagte Fräulein, «und die auf das Kuvert auch.»

«Die Marke darf ich lecken, nicht?»

«Für den Ruprecht brauchts keine.»

Aber Elsbeth wollte lieber sicher gehen und liess nicht nach, bis eine Marke aufgeklebt war; und nachher war sie sehr energisch dagegen, dass Minna, das Stubenmädchen, den Brief in den Briefkasten trug, Fräulein musste mit ihr über die Strasse gehen und sie heben, sodass sie den Brief selber einstecken konnte.

Fräulein lachte heimlich. Der Briefkasten gehörte nämlich nicht der Post, sondern einem grossen Kohlengeschäft. Die Leute würden sich dort schön wundern!

Darauf gingen die beiden wieder Äpfel, Nüsse und Bonbons zusammenlesen.

Der Tag zu Heiligabend war gekommen und Klein Elsbeth in wahrem Fieber vor Erwartung. Das Brüderchen musste doch sicher kommen; bis jetzt hatte der Weihnachtsmann immer alles gebracht, was sie sich gewünscht hatte. Wenn bloss der Brief richtig angekommen war!

Papa und Mama wussten natürlich von dem bevorstehenden Familienzuwachs. Elsbeth war anfangs dafür gewesen, sie zu überraschen, aber sie hatte doch auf die Dauer ihr Geheimnis nicht bei sich behalten können. Und Mama hatte gesagt: «Es ist nur gut, dass ich es weiss, da muss ich doch Steckkissen und Windeln instand setzen.»

«Aber das sage ich dir, Mama, es ist meins!», hatte Elsbeth sehr entschieden gesagt. «Dass du mirs nicht etwa nachher fortnimmst und sprichst, es wäre deins!»

«Ei, wo werde ich denn?», hatte Mama geantwortet.

Nun wars draussen dunkel, in der Gegend des Wohnzimmers allerlei Getrappel und Gemunkel. Elsbeth, die atemlos mit Fräulein in ihrem Zimmerchen wartete, hörte es und trippelte wie ein Irrlicht herum vor Ungeduld. Draussen läuteten die Glocken. Und endlich klingelte es.

«Fräulein, schnell!»

Da war die Weihnachtsstube mit Papa und Mama und dem Weihnachtsbaum und lauter Herrlichkeiten auf Tischen und Stühlen. Und die Eltern, beide lachten ganz glücklich: «Sieh doch dort, Elsbethchen, das ist deins, was der Weihnachtsmann dir gebracht hat.»

Aber die grossen Kinderaugen von Klein Elsbeth suchten, suchten und das Gesichtchen wurde immer kläglicher.

«Wo ist denn das Brüderchen?»

«Ja, denke dir», sagte Mama, «das ist nicht gekommen!»

Aus Elsbeths Augen kullerten Tränen.

«Der Ruprecht!», nickte sie. «Das ist schon so einer. Jetzt freue ich mich beinahe gar nicht.»

«Ja», meinte Papa, «wir müssen ihn nächstes Jahr einmal fragen, ob er denn deinen Brief nicht bekommen hat.»

Nun half da ja nichts; Elsbeth musste sich mit den anderen Sachen zufrieden geben, und das ging ja auch, denn sie waren wirklich sehr schön.

Nachher wurden der Friedrich und das Stubenmädchen und die Köchin und die Jungfer von Mama gerufen, die bekamen auch ihren Teil. Die Köchin kam zuletzt und war ganz aufgeregt und sagte: «Gnädige Frau, bei Doktors oben ist ein kleiner Junge angekommen.»

Klein Elsbeth stiess einen Schrei aus. «Ein kleiner Junge? Mama, Mama, das ist meiner. Der ist falsch abgegeben!»

Und mit blitzenden Augen stand sie vor der Mutter, ganz in Aufregung.

«Ja, das kann man doch nicht wissen», sagte Mama bedenklich und blinzelte zu Papa hin.

«Doch», rief Elsbeth, «ich habe ihn doch bestellt, Doktors brauchen gar keinen. Bitte, bitte, schicke doch hinauf und lass ihn holen. Tante Doktor gibt ihn mit, gewiss, das weiss ich. Ich habe ihr auch erzählt, dass ich ein Brüderchen bestellt habe.»

Die Köchin und die Zofe und das Stubenmädchen lachten, aber Papa sagte ernsthaft: «Na, heute wollen wirs nur oben lassen, es wird natürlich sehr müde sein und erst mal ordentlich ausschlafen wollen.» «Aber ich wills doch sehen!», rief Elsbethchen. «Fräulein, komm doch nur mit, wir wollen hinaufgehen.»

«Heute nicht, sei artig, Elsbeth», entschied Mama.

Elsbeth stiess ein Schluchzen aus und stampfte mit den Füssen auf. «Ihr seid schlecht – ganz schlecht seid ihr ...»

«Elsbeth», sagte Papa mit strengem Ton, den kannte sie schon, da war nicht gut Kirschen essen mit ihm. «Unartigen Kindern nimmt der Weihnachtsmann alles wieder weg, das weisst du. Natürlich das Brüderchen auch.» Sie ging zu ihren Sachen, weinte noch eine Weile still vor sich hin.

«Morgen ganz früh gleich gehen wir hinauf, nicht?», sagte sie zu Fräulein, als die sie zu Bett brachte.

«Ja, freilich.»

Sie lag noch lange mit offenen Augen, lächelte manchmal glückselig.

In aller Frühe klingelte es bei Doktors. Als das Mädchen öffnete, stand Klein Elsbeth da, hochrot im Gesichtchen, sagte gar nicht «Guten Morgen», sondern bloss sehr bestimmt: «Ich will mein Brüderchen sehen. Es gehört nämlich mir.»

Sie war dem Fräulein durchgegangen, das noch mit Haarmachen zu tun hatte.

«Das ist deins?», fragte das Mädchen erstaunt. «Ich denke doch, das ist der Frau Doktor ihres.»

«Nein, das habe ich mir bestellt, es ist bloss falsch abgegeben. Und ich will mirs holen.»

«Na, das glaube ich nicht, dass sie dir das herausgeben», meinte das Mädchen. «Ich will mal den Herrn fragen, ob du es sehen darfst, es wird gerade gebadet.»

Sie ging fort und statt ihrer kam der Doktor. «Morgen, Elsbethchen. Na, willst dus sehen? Dann komm mit. Aber es ist richtig unseres, verlass dich drauf.»

«Jawohl, ihr wollt mirs jetzt bloss nicht geben. Ich hab

mirs bestellt und ihr nicht!»

«Doch, wir haben auch eins bestellt.»

«Aber Elsbethchen!», riefs unten und Fräulein kam mit halbgemachtem Haar die Treppe heraufgeflogen.

«Du lügst!», rief die Kleine in leidenschaftlicher Erbitterung. «Du sagst bloss so. Und jetzt will ichs gar nicht sehen ...»

«Entschuldigen Sie das Kind, Herr Doktor», sagte Fräulein. «Meinen herzlichen Glückwunsch! Es ist so ein merkwürdiger Zufall ...»

Elsbethchen war schon auf der Treppe und jetzt war Fräulein bei ihr und meinte: «Wir schreiben noch einmal an den Ruprecht, da werden wir ja erfahren, wem es gehört.»

«Ja, aber gleich», nickte Elsbeth entrüstet.

Nun sassen sie – sie hatten noch gar nicht gefrühstückt; die Eltern lagen noch zu Bett – und Elsbeth diktierte und Fräulein schrieb:

«Lieber Knecht Ruprecht! Ich bin sehr traurig ...»

Auf dem Korridor ging die Klingel. «Das wird die Post sein», sagte Fräulein und legte die Feder nieder, «ich will erst einmal nachsehn.»

Sie ging und kam wieder mit dem Postboten, der trug eine grosse Kiste, nickte Elsbethchen zu und meinte schmunzelnd: «Da kommt was für das Fräuleinchen.» Und Fräulein las auf der Begleitadresse und rief: «Elsbethchen, da steht: ‹Absender: der Weihnachtsmann›; da bin ich neugierig. Ich will gleich Werkzeug holen und öffnen.»

Es stand aber auch etwas blau gestempelt auf der Adresse, davon sagte sie nichts, das hiess nämlich: Schucker und Kompanie, Kohlenhandlung.

Die Neugier, ehe die Kiste geöffnet war und ausgepackt wurde! Erst viel Holzwolle; und dann: eine Puppe, so gross wie Elsbethchen noch keine gehabt – ein kleiner Junge!

«Ja, was ist denn das?», kopfschüttelte Fräulein und nahm einen Brief aus einem Kuvert, das dabei lag. Und dann schrie sie: «Denk doch nur an, der Weihnachtsmann schreibt an dich: ‹Liebes Elsbethchen! Der Knecht Ruprecht lässt dich schön grüssen. Er hat mir gesagt, du hättest dir ein richtiges lebendiges Brüderchen gewünscht. Aber die sind dieses Jahr schlecht geraten und ich musste erst den Leuten eins bringen, die schon voriges Jahr eins gewünscht und nicht gekriegt haben. Da hatte ich für dich keins mehr übrig und schicke dir dafür noch ein extragrosses, das zwar nicht lebendig, aber sehr schön ist. Es grüsst dich der Weihnachtsmann.›»

«Dann ists doch richtig», sagte Elsbethchen betreten, «es gehört Doktors. Und ich freue mich gar nicht!» Der Kohlenhändler, der den Brief an den Knecht Ruprecht in seinem Briefkasten gefunden, hatte sich den Spass gemacht; davon aber erfuhr Elsbethchen nichts.

Noch am selben Tag aber war sie bei Doktors und besah das Brüderchen. Es war ein kleines, schrumpeliges Ding und quäkte grässlich. Ganz krebsrot und hässlich sah es aus.

«Weisst du», sagte sie zu Fräulein, als sie von Doktors die Treppe hinuntergingen, «jetzt ist mirs doch lieber, dass ich das Brüderchen nicht gekriegt habe; das, was mir der Weihnachtsmann geschickt hat, ist viel hübscher und auch viel artiger. Das andere können Doktors behalten.»

Trudi Gerster

Der krumme Tannenbaum

Tief drinnen im Wald stand ein kleiner Tannenbaum. Der war leider ziemlich krumm gewachsen. Einige Jahre merkte er nichts von seinem Fehler. Er freute sich über den Wind und den Sonnenschein und war immer fröhlich und glücklich. Darum hatte er auch viele Freunde. Rehe, Hasen, Eichhörnchen kamen zu Besuch und plauderten mit ihm.

Jedes Jahr wurde der Tannenbaum ein wenig grösser, aber leider blieb er krumm und schief.

Eines schönen Tages, es war im Frühling, neigte sich eine grosse Eiche zu ihm hinunter und raunte ihm zu:

«He, Kleiner, du bist ja ganz schief. Wenn du nicht fleissig turnst und dein Gewicht auf die andere Seite verlagerst, wird nie etwas Rechtes aus dir.»

Da betrachtete sich der Tannenbaum zum ersten Mal von zuoberst bis zuunterst und ringsumher und merkte, dass er anders war als alle anderen Tannen. Die standen kerzengerade und prächtig da. Nur er allein war schief und krumm und zu allem Unglück hatte er auf der einen Seite fast keine Äste. Da schämte sich der Tannenbaum und wurde ganz traurig.

Als der Fuchs am nächsten Tag zu Besuch kam, fragte er ihn: «Entschuldige, lieber Fuchs, du bist doch so gescheit – kannst du mir helfen, mein Gewicht auf die andere Seite zu verlagern, damit ich nicht mehr so schief bin?»

«Selbstverständlich kann ich das, das ist für mich eine Kleinigkeit», lachte der Fuchs. Er wickelte seinen schönen buschigen Schwanz um den Stamm des Bäumchens, stellte seine Pfoten fest auf den Boden und zog so lange, bis es aufrecht und gerade dastand. Aber natürlich konnte der Fuchs nicht den ganzen Tag so dastehen. Er hatte schliesslich noch anderes zu tun. Und als er den Stamm wieder losliess, war der

Tannenbaum so schief wie zuvor. «Das braucht natürlich seine Zeit, ich komme dann morgen wieder.»

Der Fuchs kaum noch vier Tage lang und versuchte, der Tanne zu helfen. Aber am fünften Tag lernte er ein junges, hübsches Fuchsfräulein kennen. Von nun an hatte er keine Zeit mehr für den armen Tannenbaum. Er bleib einfach weg.

Der Tannenbaum wurde immer trauriger. Dicke, harzige Tränen flossen an seinem Stamm hinunter und als das Eichhörnchen kam, um ein wenig auf ihm herumzuklettern, blieb es überall kleben.

«Warum weinst du?», fragte das Eichhörnchen. «Du bist ja ganz nass und klebrig!»

«Ich schäme mich so, weil ich schief und krumm bin. Wenn ich wenigstens auf dieser Seite mehr Äste hätte, dann wäre ich nicht gar so hässlich.»

Das Eichhörnchen rieb sich mit dem Pfötchen die Nase und dachte nach. Auf einmal fiel ihm etwas ein:

«Birkenwasser!»

Das Eichhörnchen machte vor Freude einen Hopser und rannte mit langen Sätzen davon.

Bald darauf stand es wieder da, es hatte Maul und Pfoten voller Birkenblätter und fing an, die nackten Stellen des Tannenbäumchens einzureiben.

«Was machst du denn da?», fragte der Tannenbaum ganz erstaunt.

«Ach, weisst du, mir ist etwas eingefallen, was mir die Birke erzählt hat. Den Menschen, das sind die, die immer so steif auf den Hinterbeinen herumstolzieren – wir nennen sie auch Zweibeiner –, diesen armen Tieren ist das ganze Fell ausgefallen, bloss auf dem Kopf haben sie noch ein paar Härchen. Damit sie die nun nicht auch noch verlieren, reiben sie den Kopf mit Birkensaft ein. Wenn es keine Birken gäbe, hätten die Zweibeiner überhaupt keine Haare mehr. Da habe ich mir eben gedacht, was für die Haare gut ist, könnte vielleicht auch für die Äste gut sein. Wir können es ja einmal probieren. Nützt es nichts, so schadet es nichts!»

Das Eichhörnchen kam nun Tag für Tag mit einem Mäulchen voller Birkenblätter, rieb die nackten Stellen des Tannenbaumes ein; aber es wollten einfach keine neuen Äste wachsen. Mit der Zeit verleidete es dem Eichhörnchen und es kam nicht mehr.

Nun wurde der Tannenbaum immer unglücklicher, er liess seine Äste hängen und hatte an nichts mehr Freude.

Darum verlor er mit der Zeit auch all seine Freunde – so ist es halt im Leben. Nur ein dicker Spatz blieb dem Tannenbaum treu. Er kam fast jeden Tag, den ganzen Sommer lang und auch noch im Herbst. Erst als es anfing zu schneien, blieb er eine Zeit lang weg. Er hatte ganz nahe beim Hühnerhof ein warmes Plätzchen gefunden. Dort war es gemütlicher als im tief verschneiten Wald. Eines schönen Tages aber – es war kurz vor Weihnachten – kam der Spatz aufgeregt angezwitschert: «Tschiep, tschiep, ich weiss etwas, ich weiss etwas. Sie haben dieses Jahr zu wenig Weihnachtsbäume. Morgen kommen die Holzhacker, vielleicht nehmen sie dich mit, tschiep tschiep, das wäre schön. Ein Weihnachtsbaum ist das Prächtigste auf der Welt. Er bekommt einen Hut aus Silber, wird mit bunten Kugeln und Kerzen geschmückt – am Abend leuchtet er wie der Sternenhimmel – alle stehen um ihn herum und singen ihm schöne Lieder vor. Wenn ich kein Spatz wäre, möchte ich am liebsten ein Weihnachtsbaum sein!»

«Kann man auch ein Weihnachtsbaum werden, wenn man so schief ist wie ich?», fragte der kleine Tannenbaum.

Der Spatz wusste nicht recht, was er antworten sollte. Alle Weihnachtsbäume, die er vom Fenster aus gesehen hatte, waren schön aufrecht und gerade gewesen. Aber er wollte das Bäumchen nicht enttäuschen, darum schwindelte er ein bisschen: «Natürlich! Schiefe Bäume sind sogar sehr beliebt, weil sie etwas Besonderes sind. Einen habe ich gesehen, der war so schief wie der Turm von Pisa. Das war der Schönste von allen!»

Da freute sich der Tannenbaum. Die ganze Nacht konnte er nicht schlafen und als am nächsten Morgen die Holzfäller in den Wald kamen, um die Tannenbäume zu schlagen, hätte er am liebsten gerufen: «Nehmt mich, nehmt mich!» Aber leider verstehen ja die wenigsten Menschen die Sprache der Pflanzen und Tiere. Zweimal gingen die Männer am kleinen Tannenbaum vorbei. Erst beim dritten Mal blieben sie endlich stehen. Sie hatten zu wenig schöne Bäume, so nahmen sie halt alle mit. Schöne und weniger schöne.

Als der Tannenbaum wieder zu sich kam, lag er auf einem grossen Wagen mit vielen anderen Tannen zusammen. Am nächsten Morgen stand er auf dem Markt bei einem alten Christbaumverkäufer. Da gab es ganze Haufen von Weihnachtsbäumen; grosse, kleine, Weisstannen, Rottannen, dicke und schlanke, prächtige und weniger prächtige. Immer wieder kamen Leute, sahen sich die Bäume von allen Seiten an, wählten einen aus, drückten dem alten Mann das Geld dafür in die Hand und machten sich auf den Weg nach Hause mit einem Weihnachtsbaum unter dem Arm.

Aber niemand wollte den krummen Tannenbaum kaufen. Jeder, der ihn anschaute, schüttelte den Kopf und legte ihn wieder an seinen Platz. So wurde es Heiliger Abend. Der Christbaumverkäufer rieb sich zufrieden die Hände. Nur noch drei Bäume waren übrig geblieben. Ein ganz grosser, ein ganz kleiner und der krumme.

Zuerst kam ein dicker Mann mit rotem Gesicht, er ging um die drei Bäume herum und fragte:

«Habt ihr sonst nichts mehr?»

Der Christbaumverkäufer schüttelte den Kopf:

«Nein, leider nicht.»

«Gut, dann nehme ich den Grossen da, ich kann ihn ja absägen.»

Nun kam eine Frau mit einer spitzen Nase. Sie befingerte die beiden letzten Bäume mit ihren kalten Händen und fragte:

«Ist das alles, was Sie noch haben?»

«Ja, das sind die beiden Letzten.»

«Gut, dann nehm ich den Kleinen da, der andere ist ja ganz schief und hat hinten keine Äste!»

Es dunkelte schon, viele Leute hasteten vorbei; aber niemand warf auch nur einen Blick auf den krummen Tannenbaum. Ganz verlassen stand er da, todtraurig, weil er den schönen Wald hatte verlassen müssen und nun doch kein Weihnachtsbaum werden konnte.

Aber dann stand plötzlich ein kleiner Junge vor dem Weihnachtsbaumverkäufer. Sein Gesicht war ganz blau vor Kälte, nicht einmal einen Mantel hatte er an.

«Hätten Sie vielleicht noch ein paar Äste übrig?», fragt er schüchtern.

«Nein, Äste nicht, aber einen Weihnachtsbaum. Möchtest du nicht den nehmen?»

«Ja, ich möchte schon, aber ich habe halt kein Geld. Mein Vater hat keine Arbeit und meine Mutter hat gesagt, für uns sei ein Weihnachtsbaum zu teuer!»

Der Christbaumverkäufer schaute den Bub an. Die geflickten Hosen, die klobigen Schuhe – dann streckte er ihm das Bäumchen hin: «Da, ich schenke es dir! Es ist mein Letztes. Und hier hast du noch zwei Franken, mit denen kannst du Christbaumkerzen kaufen – beeil dich, sonst sind die Läden zu! Fröhliche Weihnachten!»

«Danke, danke tausendmal!», stotterte der Bub, sein Gesicht war knallrot vor Freude. Er trug den Weihnachtsbaum auf dem Arm wie ein kleines Mädchen seine liebste Puppe. Hanspeter, so hiess der Bub, kaufte eine Schachtel mit farbigen Kerzen, schlich verstohlen in den Keller hinunter, nahm den Werkzeugkasten und sägte so lange am Bäumchen herum, bis es beinahe aufrecht dastand. Dann setzte er es in einen Blumentopf, ging heimlich in die Wohnstube und stellte es so in eine Ecke, dass man nur noch die schönere Seite sehen konnte. Er fand auch noch eine Schachtel mit Christbaumschmuck, sogar ein silberner Stern war dabei und ein Glöckchen.

Unterdessen sass seine Mutter in der Küche und schälte Kartoffeln. Das Herz war ihr schwer. Neben ihr sass Hanspeters kleine Schwester Katrin. Sie hatte ganz traurige Augen und fragte die Mutter immer wieder: «Mutter, warum bekommen wir keinen Weihnachtsbaum? Wir sind doch brav gewesen, der Hanspeter und ich. Das müsste das Christkind doch wissen, du hast doch immer gesagt, wenn wir brav sind ...» In diesem Augenblick hörte man einen feinen Ton wie von einem Weihnachtsglöckchen. Dann ging die Stubentür auf und da stand er, ein strahlender, herrlicher Weihnachtsbaum. Das war eine Freude! Sicher ist in der ganzen Stadt kein Weihnachtsbaum so bewundert worden wie gerade dieser. Und er war so glücklich, dass er am liebsten einen Purzelbaum gemacht hätte, wenn Tannenbäume Purzelbäume machen könnten.

Am nächsten Morgen kam der dicke Spatz angeflogen. Er sah durchs Fenster und als er seinen Freund aus dem Wald in seiner ganzen Pracht dastehen sah, sperrte er sein Schnäbelchen vor Staunen so weit auf, dass er es fast nicht mehr zubrachte.

Die armen Leute pflegten ihren Weihnachtsbaum wochenlang und als er schon fast keine Nadeln mehr hatte, wurde er nicht einfach verbrannt. Hanspeter schnitzte aus dem Stamm ein kleines Schiff und eine lustige Puppe für seine Schwester. So hatte der kleine krumme Tannenbaum ein längeres und schöneres Leben als seine prächtigen Kameraden.

Agneta König

Der schwarze Engel

Sorgfältig wickelte die Frau den prächtigen, dunkelblau schimmernden Pfau aus der Seidenpapierumhüllung und befestigte ihn dann an einem Tannenzweig. Mehr als zwanzig Franken hatte der Glasvogel gekostet, vor vielen Jahren schon – welch schlechtes Gewissen hatte sie damals gepackt über ihren Kaufrausch, der so gar nicht dem Familienbudget entsprochen hatte! Als sie die nächste Seidenpapierhülle aufnestelte, musste sie lächeln: Dieses über die Massen kitschige Kugelmonstrum mit dem bunten Bild eines Papstes hatte die Tochter von einem US-Aufenthalt heimgebracht. «Mami, du magst ja Kitsch. Ich musste so sehr an dich denken, als ich diese Kugel im Warenhaus sah.»

Kitsch oder nicht Kitsch. Kitsch kann sich nur jemand leisten, der einen sehr guten Geschmack hat, hatte einmal ein kluger Mensch gesagt. Die Frau jedenfalls liebte all den Weihnachtsschmuck, der am Vorabend des 24. Dezember der Bananenschachtel entstieg und Stück für Stück eine Geschichte hatte, ein Endchen Erinnerung mit sich trug.

Die unbeholfenen Laubsägerehlein und die Hänsel-und-Gretel-Szene aus Holz hatte ihr Mann in seiner Bubenzeit gebastelt. Der Zeppelin mit der vergilbten Wattewolke und den Silberdrähten stammte noch von den Schwiegereltern, der bunte Perlenstern war unter den geschickten Händen einer Freundin entstanden. Und als dem dickwanstigen Weihnachtsmann eine mollige Weihnachtsfrau zur Seite gehängt worden war, bot das lustige Pärchen Anlass zu einem weihnachtlich vergnügten Diskurs im Freundeskreis über die Emanzipation der Frau. Frauenemanzipation, du liebe Zeit, das war damals ein brandneues Thema!

Wie rasch doch die Jahre vergangen waren. Mehr als fünfzehn Jahre mochten es her sein, dass sie zusammen mit ihren Kindern nach den Festtagen all die roten Kerzenstummel in einer Blechdose im heissen Wasserbad geschmolzen und dann das flüssige Wachs in Herz- und Sternförmchen gegossen hatte. Im verfestigten Zustand wurden kleine Löcher eingebohrt und Goldfäden als Aufhängevorrichtung befestigt. Der Baumschmuck aus Wachs hatte sich gehalten – samt der Erinnerung an die kleine Küche, in der er seinerzeit entstanden war. Sie hatte sich mit all den Wachsspritzern an den Wänden und auf dem Boden in ein Chaos verwandelt und der Wachsgeruch hielt sich penetrant und tagelang in der ganzen Wohnung.

Ach ja, früher hatte die Frau zum Baumschmücken immer Musik gehört. Aber schon seit zwei Jahren und auch heute konnte sie das jubelnde «Jauchzet, frohlocket» des Weihnachtsoratoriums nicht ertragen. Seitdem der jüngste Sohn sich von der Familie abgewendet hatte, schmerzte ein Stachel im Herzen der Frau an Weihnachten mit ganz besonderer Schärfe. Kälte kroch ihr den Rücken hoch, wenn sie daran dachte, wie sie vor einem Jahr mit einer geschenkgefüllten Tasche und mit Gebäck an der Wohnungstür des Sohnes geläutet hatte. Immer wieder. Bis sich schliesslich die Tür gegenüber öffnete und eine junge Frau mitteilte, dass ihr Nachbar vor einigen Tagen weggezogen sei. Wohin? Keine Ahnung. Und so hatte sich denn die Frau zurückgeschleppt zum Tram, in der Hand die schwere, nutzlos schwere Geschenktüte. Wo bist du, Sohn? Hast du dich entfernt wie der verlorene Sohn in der biblischen Geschichte? Oder bist du unterwegs zu dir selbst? Oder bist du mit Leuten zusammen, die dir schaden? Oder, oder? Uralt hatte sie sich damals gefühlt. Ausgebrannt. Hilflos. Und so sehr sie die drei anderen Kinder und ihr Mann aufzuheitern versuchten: Der Platz am Familientisch, der leer blieb, war für sie wie ein Schrei. Und wenn sie in der Küche die grossen Lebensmittelportionen betrachtete – hätte es denn nicht sein können, dass der Sohn doch noch käme? –, liefen ihr haltlos die Tränen über die Wangen. Es nützte wenig, wenn sie sich einhämmerte: «In der ganzen weiten Welt weinen gerade in diesem Augenblick unzählige Mütter um einen Sohn, eine Tochter. Um ein Kind, das an einer unheilbaren Krankheit gestorben ist. Um ein Kind, das in ihren Armen verhungert ist. Um ein Kind, das in die Irre gegangen ist. Um eines, das im Krieg niedergemetzelt worden ist. Arme, lächelnde Maria an der Krippe. Die konnte doch nicht wissen, welches Leid noch auf sie zukommen würde ...»

Die Frau gab sich einen Ruck. Man musste tapfer sein. Von Müttern wird das so erwartet. Es war ja nun auch reichlich spät geworden. Also noch den grünglitzernden Märchenfrosch mit dem goldenen Krönchen aufhängen, die rotschimmernden Herzchen, den gläsernen Vogelkäfig. Und den schwarzen Engel mit seinem seltsam ernsten Gesicht und den Silberflügeln. Den hatte ihr Jüngster immer besonders gern gehabt und sie mit kindlicher Hartnäckigkeit gedrängt, Geschichten vom schwarzen Engel zu erfinden. «Bleib noch», hatte er sich immer an sie geklammert, wenn eine Geschichte zu Ende war.

An der Haustür ein kurzes Klingeln. Der Hund, der unter einem der untersten Weihnachtsbaumäste friedlich gedöst hatte, schnellte hoch und raste zur Tür, sodass die ganze gläserne Pracht am Baum bedrohlich zitterte und die Silberglöckchen vorwurfsvoll schepperten. Meine Güte, wer kam denn noch so spät am Abend?

Die Wohnzimmertür ging auf und der jüngste Sohn trat ins Zimmer, als sei er eben erst gegangen und nun wieder zurückgekommen. Er grüsste nicht, schaute seine Mutter nicht an. Ging zum Baum, betrachtete den Baumschmuck und sagte:

«Das gefällt mir ganz und gar nicht, was du da gemacht hast. Der schwarze Engel muss immer vorn in der Mitte vom Baum hängen. Schau, genau hier. Wie immer.»

Wie immer. Über das Gesicht des schwarzen Engels, so kam es der Frau vor, war ganz rasch ein fröhliches Lächeln gehuscht.

Theodor Leonhard

So war das mit den Engeln

Streit war ausgebrochen unter den Engeln. Die besten Sänger hatte ihr Herr zu einem Chor zusammengestellt. Mit feierlicher, fast etwas erregter Stimme hatte er sie mit einem besonderen Auftrag versehen. Sie sollten weit fort bei der Geburt des Sohnes ihres Herrn singen.

Auf dem Weg dorthin war nun Streit unter ihnen ausgebrochen. Zwei kleine Engelchen, auf der untersten Stufe der Engelhierarchie, behaupteten, der Herr hätte ihnen aufgetragen, sie sollten bei diesem Ereignis einen anderen Text singen. Bisher pflegten sie immer in den verschiedensten Variationen denselben Text zu singen: «Ehre sei Gott in der Höhe».

Und es war wirklich beeindruckend, ihnen zuzuhören, was sie aus diesem Text mit ihren Instrumenten und mit ihren Stimmen alles herausholten.

Aber nun war ein Streit unter ihnen ausgebrochen. Jene zwei schon erwähnten Engelchen, das eine mit krummen Beinen, das andere mit weit abstehenden Flügeln, behaupteten, der Herr hätte ihnen dieses Mal einen anderen Text aufgetragen.

Einige der anderen Engel waren unsicher. Seltsam war es schon, wie der Herr zu ihnen gesprochen hatte. Aber der hatte manches Mal seine unberechenbaren Launen. Besonders auffällig war in der letzten Zeit seine offenkundige Sympathie zu den Menschen auf der Erde. Das führte schon seit einiger Zeit zu seltsamen Entschlüssen ihres Herrn.

Der Höhepunkt dieser Sympathie für die Menschen war, dass der Herr ausgerechnet diesen Menschen seinen Sohn schenkte. Völlig unverständlich für die Engel. So musste wenigstens gerettet werden, was noch zu retten war, dachte sich der Erzengel und Obersänger. Das unverständliche Ereignis musste wenigstens mit himmlischer Sphärenmusik feierlich umrahmt werden. Die Menschen sollten bei dieser Geburt wissen, dass sie es mit dem Herrn und nicht mit einem ihresgleichen zu tun hatten. Der Erzengel und seine treuen Diener wussten, was sie ihrem Herrn schuldig waren.

Nur diese zwei Engelchen machten Schwierigkeiten und brachten Unruhe unter die Engelschar. Sie behaupteten, sie sollten nicht mehr singen: «Ehre sei Gott in der Höhe», sondern: «Ehre sei Gott in der Tiefe». So Unrecht hatten sie ja gar nicht. Der Erzengel hatte es ja auch gehört. Aber das ging nun wirklich über seine himmlische Hutschnur. Das konnte nicht wahr sein, dass Engel plötzlich nicht mehr die himmlische Höhe, sondern die irdische Tiefe besingen sollten. So weit konnte auch ein Engel nicht den Launen seines Herrn folgen.

Und ausserdem waren es ja zwei Engelchen ganz unten in der Hierarchie, die so stur auf dem neuen Text des Herrn beharrten. Die wollten sich doch nur wichtig machen und sich in den Augen des Herrn hervortun. Man kannte sie ja, diese Unruhestifter, die immer etwas Neues wollten. Mit einem scharfen, fast drohenden Blick beendete der Erzengel den ausgebrochenen Streit. Er ermahnte die beiden Aufsässigen, sie sollten sich an das Gewohnte halten, ansonsten sei ihre himmlische Karriere beendet, bevor sie richtig begonnen hat.

Von Weitem sahen sie die hell erleuchtete Stadt Jerusalem.

Aber der Stern, der ihnen als Wegweiser mitgegeben war, zeigte ihnen deutlich, dass ihr Weg weiterführte zu einem Hirtenfeld nahe bei dem fast unbekannten Provinznest Bethlehem. So richtige Stimmung wollte bei den Engeln in dieser Umgebung gar nicht aufkommen. Vor ein paar erschrockenen Hirten hatten sie noch nie Musik gemacht.

Nur zwei kleine Engelchen fielen den Hirten besonders auf, das eine mit krummen Beinen, das andere mit abstehenden Flügeln. Sie sangen besonders fröhlich und hüpften auf dem

Feld herum. Und als das mit den krummen Beinen ganz nah an einem Hirten vorbeikam, flüsterte es ihm leise ins Ohr, sodass es der Erzengel nicht hören konnte: «Ehre sei Gott in der Tiefe.» Da wurde der erschrockene Hirte ganz froh und später erzählte er es seinen Freunden und die wurden auch froh und der neue Text des himmlischen Herrn hatte sich bald herumgesprochen.

Betina Ewerbeck

Der Sternmaler

Im Atelier eines hohen Hauses stand ein armer Maler am Fenster und blickte hinaus. Es war Heiligabend und draussen leuchtete ein herrlicher Sternenhimmel. Aber der Maler hatte nichts zu essen und der Raum war dunkel und kalt. Traurig dachte er: «Warum kann ich nicht das malen, was den Menschen gefällt? Warum kann ich nicht auch einmal ein Bild malen, das die Menschen kaufen?» Und wie er so auf den Sternenhimmel sah, kam ihm ein Gedanke: «Ich male die Sterne. Was kann es Schöneres geben?» Und er machte sich gleich ans Werk.

Kaum hatte er einige Sterne auf die Leinwand gemalt, da klopfte es. Es war der Hauswirt, der seine Miete wollte. «Zwei Jahre habe ich nun schon gewartet», polterte er, «aber jetzt ist meine Geduld zu Ende. Her mit der Miete oder ihr müsst ausziehen!»

Während seiner letzten Worte hatte er das Bild erblickt, vor dem der Maler stand, und hatte die Sterne darauf gesehen. «Oder», fing er wieder an, «ihr könnt mir auch so ein Sternbild geben.» Der Maler drehte sich zur Staffelei um und wunderte sich. «Alle Sterne kann ich euch nicht geben», sagte er, «doch ich will euch einen abschneiden.» So nahm er eine Schere, schnitt ein Rechteck mit einem Stern aus der Leinwand aus und gab es dem Hauswirt. Dieser nahm den Stern sorgsam in die Hand und ging die Treppe hinab. «Meine Frau wird sich gewiss freuen», dachte er, «unser Tannenbaum hat noch keinen Stern an der Spitze.»

Der Maler wandte sich wieder dem Bild zu und malte weiter. Kaum hatte er eine Viertelstunde gemalt, da klopfte es wiederum. «Ach», seufzte der Maler, denn er ahnte nichts Gutes.

Wirklich, es war der Schneider, der ihm den Wintermantel gemacht hatte, das einzig warme Stück, das er besass. «Ihre Rechnung ist noch nicht beglichen, mein Herr», sagte der Schneider mit scharfer Stimme. «Ich kann nicht länger warten, ich brauche mein Geld.» Der Maler wusste nicht, was er sagen sollte. Da fiel der Blick des Schneiders auf das Sternenbild. «Oh, was für schöne Sterne ihr da gemalt habt!», sagte er. «Schliesslich könntet ihr mir so einen Stern da geben.»

Der Maler atmete heimlich auf, holte seine grosse Schere und schnitt wieder einen Stern von der Leinwand ab. Der Schneider nahm das Sternenbild behutsam in beide Hände, bedankte sich und ging die Treppe hinunter. «Meine Frau», dachte er, «erwartet ein Kind und vielleicht bringt ihr der Stern Glück ...»

Nachdem der Maler wieder eine Zeit lang gemalt hatte, pochte es von Neuem. Der Kohlenhändler stand in der Tür. «Wie ists mit der Rechnung?», fragte er barsch. «Die Kohlen sind verheizt, nicht wahr, aber ich muss auf mein Geld warten.» Dem Maler stieg das Blut zu Kopf. Doch in diesem Augenblick fiel der Blick des Kohlenhändlers auf das Bild. «Sieh an», sagte er, «so ein Sternenbild, das könnte ich brauchen. Meine alte Mutter ist auf den Tod krank – vielleicht macht es ihr Freude ...» Und der Maler eilte und schnitt auch dem Kohlenhändler ein Sternenbild aus der Leinwand.

Als die polternden Schritte im Haus verklungen waren, setzte sich der Maler auf eine kleine Kiste und seufzte erlöst: «So, jetzt habe ich meine Schulden beglichen. Das ist wahrhaftig ein schönes Gefühl zu Weihnachten.» Und er blickte dankbar um sich. Aber der Raum war immer noch dunkel und kalt und zu essen hatte er auch nichts.

Der Hauswirt war inzwischen nach Hause zurückgekehrt und hatte seiner Frau das Sternenbild gegeben. «Wie schön», sagte sie und befestigte es an der Spitze des grossen Tannenbaumes, damit es alle sehen konnten. Als die Kinder das Zimmer mit den Geschenken betreten durften, fiel ihr erster Blick auf den Stern und sie sahen ihn alle gebannt an. Er strahlte ein so helles Licht aus, dass allen ganz froh und leicht ums Herz wurde. Als sie mitten im Feiern waren, sagte die Mutter zu den Kindern: «Eigentlich müssten wir dem armen Maler, der diesen schönen Stern gemalt hat, doch auch etwas bringen.» Und sie ermunterte ihre fünf Kinder und jedes nahm etwas von seinem Gabentisch. So füllten sie einen ganzen Korb mit Leckerbissen. Damit machten sie sich auf den Weg zum Maler. Der war ein wenig erstaunt, als sich mit einem Mal die Tür auftat und die Frau seines Hauswirts mit all ihren Kindern erschien, ihm frohe Weihnachten wünschte und den kleinen Tisch mit den schönsten Leckereien bedeckte.

Der Schneider hatte ebenfalls sein Sternenbild am Weihnachtsbaum angebracht, hatte die Kerzen angezündet und die Tür zum Zimmer seiner Frau geöffnet, die, noch das Kind erwartend, zu Bett lag. «Wie wunderbar!», rief sie aus, als sie den Stern sah, und ihr Herz wurde erfüllt von Kraft und Zuversicht.

Als bald darauf das Kind zur Welt kam, sagte sie: «Lieber Mann, denke doch an den armen Maler, der mir mit seinem Stern so viel Kraft und Zuversicht geschenkt hat. Hast du nicht vielleicht noch einen schönen, warmen Anzugstoff für ihn?» Und der Mann, der glücklich war, dass seine Frau und sein Kind gesund waren, küsste seine Frau auf die Wange. «Du hast Recht», sagte er, «ich gehe und bringe ihm ein Weihnachtsgeschenk von uns.»

Als es beim Maler wieder klopfte, da war es der Schneider, der ihm einen Ballen Anzugstoff, genug für Jacke, Weste und zwei Hosen, in den Arm legte. Noch ehe sich der Maler bedanken konnte, war der glückliche Schneider schon wieder nach Hause geeilt.

Das letzte Sternenbild aber, das der Kohlenhändler geholt hatte, kam an ein Tannenbäumchen, das für seine kranke Mutter bestimmt war. Der Kohlenhändler und seine Frau trugen es in das Krankenzimmer. Sie fürchteten sich beide vor dem schmerzvollen Stöhnen der Mutter, der man nicht mehr helfen konnte. «Mutter», sagte der Kohlenhändler, «ein kleiner Tannenbaum zur Christnacht ...», und die alte, todkranke Frau schlug die Augen auf und erblickte den Stern. Ähnlich den anderen Sternen sandte auch dieser seinen süssen Frieden in das Herz der Kranken und sie lächelte. «Wie geht es dir?», fragte der Sohn. «Besser», sagte sie, «viel besser! Danke für den herrlichen Stern.» Und sie strich zärtlich über die Hand ihres Sohnes. «Nun fürchte ich mich nicht mehr.»

Den Kindern aber liefen die Tränen über das Gesicht, denn sie sahen, dass die Mutter bei diesen Worten verschieden war. «Wir müssen dem Maler danken», sagten sie zueinander, «dass er einen so schönen Stern gemalt hat. Er hat der Mutter gut getan und ihr Frieden gebracht.» Und sie umarmten sich voller Trauer.

In derselben Nacht noch kam ein Wagen beim Maler vorgefahren und der Kohlenhändler fragte, wohin er die Kohlen stellen solle. «Eine kleine Aufmerksamkeit zu Weihnachten», sagte er verlegen und verschwand gleich wieder. Der Maler aber trat an das grosse Atelierfenster und schaute voll Dankbarkeit auf den Sternenhimmel.

Aus: Betina Ewerbeck, Der Sternmaler, S. 11–16,

Hans Christian Andersen

Das kleine Mädchen mit den Schwefelhölzern

Es war entsetzlich kalt; es schneite und der Abend dunkelte bereits; es war der letzte Abend im Jahre, Silvesterabend. In dieser Kälte und in dieser Finsternis ging auf der Strasse ein kleines, armes Mädchen mit blossem Kopfe und nackten Füssen. Es hatte wohl freilich Pantoffeln angehabt, als es von zu Hause fortging, aber was konnte das helfen? Es waren sehr grosse Pantoffeln, sie waren früher von seiner Mutter gebraucht worden, so gross waren sie, und diese hatte die Kleine verloren, als sie über die Strasse eilte, während zwei Wagen in rasender Eile vorüberjagten; der eine Pantoffel war nicht wieder aufzufinden und mit dem anderen machte sich ein Knabe aus dem Staube, welcher versprach, ihn als Wiege zu benutzen, wenn er einmal Kinder bekäme.

Da ging nun das kleine Mädchen auf den nackten zierlichen Füsschen, die vor Kälte ganz rot und blau waren. In seiner alten Schürze trug es eine Menge Schwefelhölzer und einen Bund hielt es in der Hand. Während des ganzen Tages hatte ihm niemand etwas abgekauft, niemand ein Almosen gereicht. Hungrig und frostig schleppte sich die arme Kleine weiter und sah schon ganz verzagt und eingeschüchtert aus. Die Schneeflocken fielen auf ihr langes blondes Haar, das schön gelockt über ihren Nacken hinabfloss, aber bei diesem Schmucke weilten ihre Gedanken wahrlich nicht. Aus allen Fenstern strahlte heller Lichterglanz und über alle Strassen verbreitete sich der Geruch von köstlichem Gänsebraten. Es war ja Silvesterabend und dieser Gedanke erfüllte alle Sinne des kleinen Mädchens.

In einem Winkel zwischen zwei Häusern, von denen das eine etwas weiter in die Strasse vorsprang als das andere, kauerte es sich nieder. Seine kleinen Beinchen hatte es unter sich gezogen, aber es fror nur noch mehr und wagte es trotzdem nicht, nach Hause zu gehen, da es noch kein Schächtelchen mit Streichhölzern verkauft, noch keinen Heller erhalten hatte. Es hätte gewiss vom Vater Schläge bekommen und kalt war es zu Hause ja auch; sie hatten das blosse Dach gerade über sich und der Wind pfiff schneidend hinein, obgleich Stroh und Lumpen in die grössten Ritzen gestopft waren. Ach, wie gut musste ein Schwefelhölzchen tun! Wenn es nur wagen dürfte, eins aus dem Schächtelchen herauszunehmen, es gegen die Wand zu streichen und die Finger daran zu wärmen! Endlich zog das Kind eins heraus. Ritsch! Wie sprühte es, wie brannte es. Das Schwefelholz strahlte eine warme, helle Flamme aus, wie ein kleines Licht, als es das Händchen um dasselbe hielt. Es war ein merkwürdiges Licht.

Ein Neues wurde angestrichen, es brannte, es leuchtete und an der Stelle der Mauer, auf welche der Schein fiel, wurde sie durchsichtig wie ein Flor. Die Kleine sah gerade in die Stube hinein, wo der Tisch mit einem blendend weissen Tischtuch und feinem Porzellan gedeckt stand, und köstlich dampfte die mit Pflaumen und Äpfeln gefüllte gebratene Gans darauf. Und was noch herrlicher war, die Gans sprang aus der Schüssel und watschelte mit Gabel und Messer im Rücken über den Fussboden hin; gerade die Richtung auf das arme Mädchen schlug sie ein. Da erlosch das Schwefelholz und nur die dicke kalte Mauer war zu sehen.

Sie zündete ein Neues an. Da sass die Kleine unter dem herrlichsten Weihnachtsbaum; er war noch grösser und weit reicher ausgeputzt als der, den sie am Heiligabend bei dem reichen Kaufmann durch die Glastür gesehen hatte. Tausende von Lichtern brannten auf den grünen Zweigen und bunte Bilder wie die, welche in den Ladenfenstern ausgestellt werden, schauten auf sie hernieder; die Kleine streckte beide Hände nach ihnen in die Höhe – da erlosch das Schwefelholz. Die vielen Weihnachtslichter stiegen höher und höher und sie sah jetzt erst, dass es die hellen Sterne waren. Einer von ihnen fiel herab und zog einen langen Feuerstreifen über den Himmel.

«Jetzt stirbt jemand!», sagte die Kleine, denn die alte Grossmutter, die sie allein freundlich behandelt hatte, jetzt aber längst tot war, hatte gesagt: «Wenn ein Stern fällt, steigt eine Seele zu Gott empor!»

Sie strich wieder ein Schwefelholz gegen die Mauer; es warf einen weiten Lichtschein ringsumher und im Glanze desselben stand die alte Grossmutter hell beleuchtet mild und freundlich da.

«Grossmutter!», rief die Kleine, «oh, nimm mich mit dir! Ich weiss, dass du verschwindest, sobald das Schwefelholz ausgeht, verschwindest wie der warme Kachelofen, der köstliche Gänsebraten und der grosse flimmernde Weihnachtsbaum!» Schnell strich sie den ganzen Rest der Schwefelhölzer an, die sich noch im Schächtelchen befanden, sie wollte die Grossmutter festhalten; und die Schwefelhölzer verbreiteten einen solchen Glanz, dass es heller war als am lichten Tag. So schön, so gross war die Grossmutter nie gewesen; sie nahm das kleine Mädchen auf ihren Arm und hoch schwebten sie empor in Glanz und Freude; Kälte, Hunger und Angst wichen von ihm – sie war bei Gott.

Aber im Winkel am Hause sass in der kalten Morgenstunde das kleine Mädchen mit roten Wangen, mit Lächeln um den Mund – tot, erfroren am letzten Tage des alten Jahres. Der Morgen des neuen Jahres ging über der kleinen Leiche auf, die mit den Schwefelhölzern, wovon fast ein Schächtelchen verbrannt war, dasass. «Sie hat sich wärmen wollen!», sagte man. Niemand wusste, was sie Schönes gesehen hatte, in welchem Glanze sie mit der alten Grossmutter zur Neujahrsfreude eingegangen war.

Ulrich Knellwolf

Der verbrannte Weihnachtsbaum

In den ersten Tagen danach sagten Iren und Marc tausendmal zueinander, sie hätten halt besser aufpassen müssen und die Kerzen nicht noch einmal anzünden dürfen oder hätten dem Baum mehr Wasser geben oder einen frischeren kaufen sollen. Und am gescheitesten hätten sie überhaupt keinen Weihnachtsbaum mehr aufgestellt, schliesslich seien sie längst den Kinderschuhen entwachsen. Jedenfalls solle das ihnen eine Lehre sein und sie würden nie im Leben mehr einen Weihnachtsbaum schmücken und auch nur eine einzige Kerze anzünden. Wer weiss, was alles noch hätte geschehen können! Sie selber hätten verbrennen oder schwere Verbrennungen davontragen können, die sie fürs ganze weitere Leben entstellt hätten. Nein, in Zukunft wollten sie sich in Acht nehmen. Aber hinterher ist man immer klüger.

Dabei waren Irens Weihnachtsbäume berühmt. Sie stellte sie immer in ihrem Atelier neben Marcs Arbeitszimmer auf und schmückte sie jedes Jahr in einer andern Farbe. Da stand dann der Baum vom Heiligen Abend bis zum Tag nach Neujahr, herausgeputzt wie eine Braut und behängt wie im Paradies, voller Kerzen. Wenn diese abends angezündet wurden, strahlte der Baum gleich einem freundlichen Erzähler und erzählte die Weihnachtsgeschichte. Denn das war die Besonderheit an Irens Weihnachbäumen, dass sie Erzählbäume waren. Zwischen den Kugeln, farbigen Bändern und leuchtenden Kerzen war der Baum nämlich behangen mit den Figuren der Weihnachtsgeschichte. Oben auf der Spitze thronte der Engel Gabriel und streckte wie zum Segen, zu einer Einladung oder wundersamen Mitteilung die Arme aus. Auf den Zweigen unter ihm sass und sang und hüpfte und spielte die Menge der himmlischen Chöre. Von unten her näherten sich die Hirten mit ihren Herden und hinter ihnen kamen in glitzernden Gewändern mit Pferd und Kamel und reichen Geschenken Kaspar, Melchior und Balthasar, die drei Könige aus dem Morgenland. Sie alle zogen zur Mitte. Dort standen sie zwischen den Ästen des Weihnachtsbaumes mit Maria und Josef, dem Ochs und dem Esel und in der Krippe lag, klein, aus feinem Porzellan und in Windeln gewickelt, das Jesuskind. Darüber aber strahlte der Stern von Bethlehem mit seinem langen Kometenschweif.

Wenn man ein wenig um den Baum herumging, gab es noch anderes zu sehen. Zum Beispiel den König Herodes, der, grün im Gesicht vor Neid auf das neugeborene Kind, in seinem Palast in Jerusalem sass. Oder, auf der andern Seite, das Land Ägypten mit Palmen und Pyramiden, wohin Maria und Josef mit ihrem Kind vor der Wut des Herodes flüchten würden. Und nicht weit davon war Johannes der Täufer zu erkennen, wie er in einem Jordanfluss aus blauem Papier stand und den hergekommenen Jesus taufte, während der Heilige Geist als weisse Taube auf ihn herabschwebte.

Das war Irens berühmter Weihnachtsbaum, ein Erzählbaum voll biblischer Geschichten und jedes Jahr fügte sie eine neue dazu. Und jedes Jahr in der Weihnachtszeit kamen die Nachbarn und die Freunde, die Verwandten und Bekannten und bewunderten den Baum, den Iren wieder mit den alten und den neuen Geschichten geschmückt hatte. Iren machte alle Figuren und Bilder selbst, aus Papier und aus Karton und aus Ton und Farbe. Wochen vor der Weihnacht schon arbeitete sie in ihrem Atelier und im Arbeitszimmer daneben sass in dieser Zeit Marc, ihr Mann, der Schriftsteller, inmitten seiner Bücher und Notizen und Pläne, und dachte sich eine Weihnachtsgeschichte aus. Denn am Heiligen Abend, wenn der Baum geschmückt war und die Dämmerung einsetzte, waren alle, die wollten, bei Iren und Marc eingeladen und sassen auf Stühlen und Bänken und am Boden. Dann wurden die Kerzen am Baum angezündet; es war, wie wenn am Adventskalender das letzte Türchen geöffnet wird, und Marc sass neben dem Baum und las seine neue Weihnachtsgeschichte vor, die immer mit den Figuren und Geschichten am Baum zu tun hatte.

So war es jedes Jahr und jedes Jahr freuten sich viele auf den Heiligen Abend bei Iren und Marc und auf Marcs Weihnachtsgeschichte und auf Irens geschichtenerzählenden Weihnachtsbaum. So war es auch dieses Jahr gewesen. Einen wunderbaren Baum hatte Iren zurechtgemacht, eine wunderschöne Weihnachtsgeschichte hatte Marc geschrieben und es war ein Heiliger Abend gewesen wie im Bilderbuch, mit vielen Kindern und vielen Erwachsenen, die wie die Kinder mit glänzenden Augen in den Kerzenschein geschaut und mit angehaltenem Atem auf die Geschichte gehört hatten.

Aber zwei Tage später, am Stephanstagabend, passierte das Unglück. Sie waren allein. Marc zündete die Kerzen an, Iren öffnete eine Flasche alten Weins. Dann setzten sie sich nebeneinander auf die Couch, tranken einen Schluck und schauten in das flackernde Licht, das die Figuren und Bilder der Weihnachtsgeschichte lebendig machte. Und wie sie dasassen und schauten, gab es einen Knall, als geschehe eine Explosion, und von einem Augenblick auf den andern stand der Weihnachtsbaum in Flammen und die Flammen sprangen auf die Vorhänge über und auf den Teppich und breiteten sich aus und kaum, dass Iren und Marc hinauslaufen konnten, da brannte schon das ganze Haus.

Trotz den Bemühungen der Feuerwehr brannte es bis auf die Grundmauern ab, mit Irens Atelier, Marcs Arbeitszimmer und allem, was dazugehörte, und Iren und Marc waren obdachlos. Sie fanden bei Freunden herzliche Aufnahme, aber der Schock sass tief. Marc und Iren brachten es auch nach Tagen noch nicht über sich, auf den Brandplatz zu gehen. Marc verfiel in dumpfes Schweigen und Iren lachte alle Augenblicke so schrill, dass man meinen konnte, ein Glas gehe in Brüche. Die Freunde versuchten zu trösten. «Wenigstens seid ihr gut versichert und steht nicht vor dem Nichts», sagten sie. «Was heisst versichert? Was ist Sicherheit, wenn das Vertrauen weg ist? Das Manuskript meines angefangenen Romans, alle meine Notizen ebenso verbrannt wie Irens Skizzen und Entwürfe. Es geht nicht nur ums Materielle. Unser Vertrauen ins Leben haben die Flammen verzehrt», rief Marc und Iren sagte: «Mir soll nie mehr jemand etwas von einem Weihnachtsbaum erzählen.»

Sie kamen dann ein paar Tage später doch nicht darum herum, auf den Brandplatz zu gehen. Beide brauchten viel Überwindung und der Geruch des gelöschten Feuers legte sich wie eine schwarze Decke über ihre Seele. Plötzlich sprang Iren vor. Sie wühlte in einem Haufen Schutt. Als sie in die Wohnung ihrer Freunde zurückgekehrt waren, am Tisch sassen und das Trübsalblasen wieder einsetzen wollte, zog Iren etwas aus der Tasche. Es war das Jesuskind aus Porzellan vom verbrannten Weihnachtsbaum. Angeschwärzt war es, man sah ihm an, dass es etwas durchgemacht hatte, aber es war ganz geblieben. «Siehst du, was ich heute gefunden habe?» Marc nahm es vorsichtig in die Hand. «Wer weiss», sagte Iren, «vielleicht machen wir in einem Jahr doch wieder einen Weihnachtsbaum. Der Kleine hier will. Aber zuerst suchen wir jetzt eine neue Wohnung.» Sie schauten einander an und konnten sogar ein wenig lächeln.

Ruth Petitjean

Haben Engel Bauchnäbel?

Stellen Sie sich eine Gruppe eifriger Schüler und Schülerinnen der ersten Primarklasse vor, welche sich in der Religionsstunde über Engel unterhalten.

Die Kleinen sind ganz bei der Sache. Wir befinden uns in der Adventszeit, wo die meisten Kinder in irgendeiner Form Engeln begegnen – sei es in Liedern bejubelt, am Christbaum hängend oder darunter an der Krippe wachend; auf Geschenkpapier gedruckt oder in Shoppingcentern über den Auslagen schwebend. Einige Kinder haben also ihre ganz konkreten Vorstellungen, was Engel anbelangt. Andere erzählen von der Kraft des Schutzengels, die sie schon erfahren hätten, oder von Engeln, welche man nicht sehen könne, aber spüren. Ein Kind erzählt sehr eindrücklich von winzigen Lichtfünkchen, welche es manchmal sehe. Dann denke es, Engel seien nahe bei ihm.

Kinder sind oft unsere besten Lehrmeister, denn sie zeigen uns auf, wie individuell und sehr persönlich wir Menschen religiöse und spirituelle Erfahrungen empfinden.

Ich erzähle den Kindern die unglaublich dramatische Geschichte von der armen Hagar, die mit ihrem Sohn Ismael vom Stammvater Abraham in die Wüste geschickt wurde, wo beide gewiss elendiglich verdurstet wären, wenn nicht – ja, wenn nun nicht ein Engel erschienen wäre und ihnen eine Wasserquelle gezeigt hätte. Dadurch sind sie am Leben geblieben.

Nun dürfen die Kinder zeichnen und malen. Die meisten zeichnen Engel, «eigene» oder den von Hagar und Ismael in der Wüste.

«Frau Bötischa!», ruft da plötzlich jemand sehr energisch. Und da Frau Petitjean nicht sofort reagieren kann, weil sie mit Nicolas gerade herausfindet, ob es damals eher eine Stein- oder eine Sandwüste gewesen sei, kommt die kleine energische Person gleich selber zu ihr hin. Sulamits rundes, stupsnasiges Laubfleckengesichtchen guckt äusserst empört und sie fragt:

«Frau Bötischa, gäll, Engel haben Bauchnäbel?!»

Voilà, da haben wirs. Solch heikle theologische Spitzfindigkeiten haben wir in der religionspädagogischen Ausbildung natürlich nicht durchgenommen! Aber dass wir die Schülerinnen und Schüler in jedem Fall ganz ernst nehmen und auf ihre Anliegen und Fragen eingehen müssen, das haben wir sehr wohl gelernt. Ich probiers mit einer Gegenfrage. Das ist weniger riskant: «Warum ist das für dich ein Problem, Sulamit?»

Jetzt stürmt, genau so empört, Reto, Sulamits Banknachbar, herbei und richtig entrüstet funkelt er sie an und sagt zu mir: «Engel können gar keinen Bauchnabel haben. Die sind doch fast ganz durchsichtig. Da sieht man keinen Nabel.»

Neugierig geworden, begebe ich mich an das Pult der beiden Engelexperten, um mir deren gemalte Ursachen des Disputs anzuschauen. Sofort wird mir klar, dass hier ein Engelkonflikt entstehen *musste.*

Sulamits Engel ist riesengross und ganz «blutt». Breitbeinig gewaltig füllt er das Bild aus, auf starken, festen Füssen, ganz in Orange, mit Riesenflügeln in Goldgelb. Mitten auf dem Bauch ein dicker schwarzer Punkt: der Nabel.

Schwarz wie die Nacht … Dieser irdische Engel wurde einmal geboren. Punkt.

Daneben Retos Engelchen: Von ganz oben herab schwebt etwas Zartes, in einem Goldflimmerwölkchen über einer Wasserquelle in der Wüste. Dieser Himmelsbote braucht keinen Nabel. Klar!

Klar? Überhaupt nicht! Bereits die Kinder hätten gern

Fakten. Bitte, liefern Sie einmal Fakten zu Engelangelegenheiten – und schon bewegen Sie sich inmitten der Problematik von Vermittlung religiöser Thesen schlechthin – eine Gratwanderung!

Wie die Geschichte wohl ausgeht?

Da wir zum Schluss kommen, dass das Herz als Symbol der Liebe allen Engeln, den irdischen und den himmlischen, zu eigen sei, klebt Sulamit ein prächtig glitzerndes Herz einfach über den schwarzen Punkt – und weg ist der Nabel. Und damit das Problem.

Eigentlich schade – ich selber liebe nämlich Engel mit Bauchnabel *und* Herz!

Autor unbekannt

Die Puppe

Am Morgen des 24. Dezember hetzte ich durch die Geschäfte, um die letzten Geschenke zu besorgen. Beim Anblick des unermesslichen Menschengedränges zwischen den durchwühlten Regalen überkam mich das bange Wissen, dass es mir niemals gelingen würde, vor Ladenschluss alle meine Einkäufe getätigt zu haben. Ich wünschte, ich könnte einfach einschlafen und erst nach Weihnachten wieder aufwachen.

Trotz allem drängte ich mich zur Spielzeugabteilung durch. Ich ärgerte mich über die enormen Preise der Spielsachen.

Auf der Suche nach einem geeigneten Spielzeug bemerkte ich einen etwa fünf Jahre alten Jungen, der eine Puppe gedankenverloren anschaute. Der Junge hatte grosse, traurige Augen. Ich fragte mich, für wen er wohl die Puppe ausersehen hatte. In diesem Moment drehte sich der kleine Junge zu einer älteren Dame um und fragte: «Oma, bist du sicher, dass ich nicht genug Geld habe?»

Die ältere Dame antwortete: «Mein Lieber, du weisst ganz genau, dass du nicht genug Geld hast, um die Puppe zu kaufen.» Danach bat sie ihn, in der Spielzeugabteilung zu warten, bis sie ihre Einkäufe erledigt hatte.

Der Junge hob die Puppe vom Regal und presste sie gegen seine Brust. Irgendetwas bewegte mich und ich sprach den Jungen an. «Für wen hast du denn diese hübsche Puppe ausgesucht?»

Wie selbstverständlich antwortete der Junge: «Es ist die Puppe, die sich meine Schwester zu Weihnachten gewünscht hat. Sie war überzeugt, dass der Weihnachtsmann ihr diese Puppe bringen würde.»

Ich versicherte ihm, dass der Weihnachtsmann bestimmt weiss, was sich seine Schwester zu Weihnachten wünscht. Und dass er sich darüber keine Sorgen zu machen brauche. Der Junge starrte auf den Boden und antwortete leise: «Der Weihnachtsmann kann ihr die Puppe nicht dorthin bringen, wo sie jetzt ist. Ich muss die Puppe meiner Mutter geben und sie kann sie mitnehmen, wenn sie geht.» Seine Augen waren mit Tränen gefüllt, als er mich ansah.

«Meine Schwester ist im Himmel. Mein Vater sagt, dass meine Mutter auch bald in den Himmel geht. Deswegen dachte ich mir, dass sie die Puppe für meine Schwester mitnehmen kann.» Der Junge fuhr fort: «Ich sagte meinem Vater, er soll meiner Mutter ausrichten, dass sie noch warten soll, um in den Himmel zu gehen, bis ich aus dem Laden zurück bin.»

Der Junge kramte in seiner Jackentasche und zog ein Foto hervor. Darauf war er zu sehen. Ein unbekümmertes, fröhliches Kind. «Ich möchte, dass meine Mutter dieses Bild mitnimmt, damit sie mich nicht vergisst. Ich liebe meine Mutter sehr und ich möchte, dass sie bei uns bleibt. Doch mein Vater sagt, dass sie zu meiner kleinen Schwester gehen muss.»

Wieder schaute er gedankenverloren die Puppe an.

Ich suchte meinen Geldbeutel und sagte ihm, er soll doch das Geld nochmals nachzählen. Es könne sein, dass er nun genug habe, um die Puppe zu kaufen. «Gut, ich hoffe, dass es nun reicht ...» Ich half ihm zählen und steckte ihm dabei unbemerkt Geld zu. Ein schwaches Lächeln huschte über sein Gesicht, als er sagte: «Danke, Gott, dass du mir genug Geld gegeben hast!» Er schaute mich an und meinte: «Ich habe gestern gebetet, dass ich genug Geld für eine Puppe für meine Schwester habe. Und dass es für eine weisse Rose für meine Mutter reicht. Meine Mutter liebt weisse Rosen.»

Einige Minuten später kam die ältere Dame zurück und ich verabschiedete mich von dem Jungen.

Benommen von der Begegnung, erledigte ich meine Einkäufe. Jede Hektik und Angst, die zuvor von mir Besitz ergriffen hatte, war wie weggeblasen. Ich war in Gedanken ganz bei dem Jungen.

Plötzlich erinnerte ich mich an einen Zeitungsartikel, den ich vor zwei Tagen gelesen hatte. Darin wurde von einem schweren Unfall auf der Zufahrtsstrasse zur Autobahn berichtet. Ein angetrunkener Automobilist kollidierte mit einem Wagen, in dem eine junge Frau und ein kleines Mädchen sassen. Das Mädchen verstarb noch an der Unfallstelle; die Mutter wurde schwerverletzt ins Krankenhaus gebracht. Sie liegt seither im Koma.

War das die Familie des kleinen Jungen?

Zwei Tage später berichtete die Zeitung, dass die Frau ihren lebensgefährlichen Verletzungen erlegen sei. Ich kaufte einen Strauss weisser Rosen und ging zur Kirche, wo die Frau aufgebahrt war.

Sie lag dort. In ihrer Hand hielt sie eine weisse Rose, eine Puppe und ein Foto des kleinen Jungen aus dem Kaufhaus.

Florence Develey

Auch Engel haben Hunger

25. Dezember, 9.58 Uhr – noch siebzehn Minuten bis zum festlichen Gottesdienst, ich war in Aufruhr. Die Predigt ratterte noch im Drucker, die Schuhe waren Himmel noch mal nicht da, wo sie sein sollten, das Beffchen hing schief und liess sich einfach nicht unter den Talarkragen knöpfen. Beim gehetzten Treppensteigen blieb ich drei Mal im Schlupfsaum des Pfarrgewandes hängen und suchte nun nicht nur den zweiten Ohrring und den Lippenstift, sondern auch eine Sicherheitsnadel zur Tarnung der hängenden Borte meines Kleides. 10 Uhr – die Kirchenglocken meldeten mit ohrenbetäubendem Getöse, dass ich längst drüben in der Kirche sein und lächelnd den Strom der Gottesfürchtigen begrüssen sollte.

Endlich in den richtigen Schuhen, doppelseitig beohrringt und mit drei A4-Seiten druckfrischer Predigt unter dem Arm, raffte ich den Talar und raste den Kirchberg hoch.

Von Weitem schon konnte ich Klein Stefanie, im gewaltigen Kirchenportal stehend, erkennen. Immer wieder verschwand sie hinter dem wallenden Cape einer sichtbar angespannten Sängerin des örtlichen Kirchenchores, machte Bekanntschaft mit dem Ellbogen eines nach dem Gesangbuch greifenden Gläubigen und wurde von buggystossenden Müttern angerempelt. Aber Klein Stefanie stand da. Unerschütterlich in grossen selbst gemachten Engelsflügeln und einem viel zu langen hellblauen Nachthemd.

«Du wirst der Begrüssungsengel sein», hatte ich zu ihr gesagt. «Mit einem Engelskostüm wie im Bilderbuch.» Das war leicht gesagt, entpuppte sich aber als echtes Problem, wenn man so schlecht näht wie ich und notorisch zu kurzfristig plant. Freilich hätte es viele Damen im Dorf gegeben, die ihren ganzen Stolz darauf verwendet hätten, das schönste Engelskleid aller Zeiten zu nähen – aber keine, die sich ein solches Unterfangen in drei Tagen nebst Backen, Dekorieren, Schrubben und allem anderen, was Weihnachten so bringt, zumuten wollte. Das Dumme an Weihnachten ist, dass während dieser Tage niemand Zeit hat, das Dumme an mir ist, dass ich die guten Ideen immer erst in letzter Minute habe.

Aber noch blieben mir ja drei Tage, um das perfekte Kleid zu finden. Lang musste es sein und weit, mit viel Tüll und Gerafftem – und natürlich weiss. Nach etlichen Estrichdurchsuchungen bei befreundeten Fasnächtlerinnen, Telefonaten mit Kostümverleihern und der Durchstöberung des lokalen Ballettschulfundus stiess ich auf ein durchaus passendes Stück. Nur – es war gelb und ich wollte partout keinen gelben Engel haben. Ich hielt das Problem für lösbar, solange Javel in genügenden Mengen im Hause war. So füllte ich den Putzkessel mit lauwarmem Wasser, goss eine ganze Flasche Javel dazu und legte das Kleid über Nacht ein. Ich sah mich schon am nächsten Morgen – der Omo-Werbung gleich – ein, oh Wunder!, strahlend weisses Kleid aus dem reinen Wasser heben. Nur kommts im Leben anders, eben. Das einzige, was ich Stunden später im gräulich trüben Kübelgebräu ertasten konnte, waren lose Stofffetzen, vereinzelt zusammengehalten durch den noch nicht gänzlich aufgelösten Baumwollfaden. Das Kleid war hin, förmlich aufgefressen von wohl doch etwas zu konzentrierter Javellösung, und es gab nur noch eines: Mutters Tüllnachthemd aus jungen Jahren, das aus nostalgischen Gründen sämtliche Hausräumungen überlebt hatte, musste her.

So kam es, dass Stefanie nun in einem für brave Engel etwas zu durchsichtigen, hellblauen statt weissen Kleid im Kirchenportal stand und mit Kinderernst allen Widrigkeiten zum Trotz den Begrüssungsengel gab. Die Orgel setzte ein und dreihundert Augenpaare richteten sich auf uns, auf mich, die Pfarrerin im langen Schwarzen, und auf den kleinen Engel in Hellblau an meiner Hand. Der Gang zwischen den voll besetzten Reihen war eng. Ungeachtet dessen, dass sie mit dem Schlag ihrer breiten Flügel jeden zweiten Hinterkopf stach, hielt Stefanie ihre Augen auf den vor uns liegenden Chorraum geheftet und liess sich nicht aus der Rolle bringen. Fast schwebend schritt sie neben mir her und liess sich graziös auf dem untersten Tritt der Kanzeltreppe nieder. Einzig gegen Ende der Predigt, die ganz offensichtlich zu lang ausfiel, gähnte sie ganz ungeniert, was der allgemeinen Besinnlichkeit nicht gerade förderlich war. Sofort aber war Stefanie wieder ganz strenger Engel, als ich die Gemeinde nach vorne kommen hiess, um das Abendmahl zu zelebrieren. Die Austeilung von Wein und Brot in gottesdienstlichem Rahmen ist bekanntlich eine feierliche Angelegenheit, die man für gewöhnlich mit andächtiger Miene begeht. Die Gemeinde versammelte sich also still und würdig im Kreis und ich begann mit der Austeilung. Bei Stefanie angekommen, beugte ich mich hinunter und reichte ihr wohlwollend ein Häppchen des bedeutungsschweren Brotes. Sie hielt ihre grossen Augen auf mich gerichtet, als sie es unsicher zum Mund führte. Sofort nach dem ersten Bissen hellte sich ihre Miene auf und ehe ich mich versah, grub sie ihre rechte Hand tief in die silberne Schale und stopfte sich eine gehörige Portion heiligen Brotes ins Maul. Keck und zufrieden grinste sie mich an und liess mit vollem Mund verlauten, sodass es durch die Kirche hallte: «Weisst du, ich habe halt noch nicht gefrühstückt.» Hochrote Köpfe und hervortretende Schläfenadern zeugten vom allgemeinen Kampf gegen den drohenden Lachkrampf. Aus wars mit der besinnlichen Andacht. Aus mit der frommen Feierlichkeit. Vielleicht aber haben wir nie zuvor so stimmig «O du fröhliche» gesungen wie zum Abschluss dieser Weihnachtsfeier.

Maria Aebersold

Der wunderbare Weihnachtsstern

Jedes Jahr ist es dasselbe. «Diesmal», sagte ich, «diesmal schreibe ich keine Weihnachtsgeschichte, die Leute mögen heutzutage keine Weihnachtsgeschichten mehr lesen.» Dann kam die Zeit der grossen Dunkelheit und da wollte ich doch wieder eine schreiben, aus lauter Sehnsucht nach dem Licht. «Aber es ist schwer – und wer braucht heute überhaupt noch Geschichten?»

«Alle Menschen brauchen Geschichten, alle!», sagte er mit Nachdruck. Ja, Markus ist verrückt nach Geschichten. Dabei spielt es keine Rolle, ob es ein klassisches Märchen ist oder eine moderne Geschichte über Erdsatelliten und Weltraumfahrer. Er erzählt auch eigene Geschichten, aber nur Leuten, die zuhören können. In seinem sechsjährigen Leben hat er allerdings schon gemerkt, dass die Welt reich ist an schwatzenden Leuten, aber arm an solchen, die aufmerksam zuhören können.

In Markus' Geschichten hat manches Platz: Könige, Gänse, Maikäfer, Indianer, Schafhirten, Marktfrauen, Eishockeyspieler. Einmal läutete er mir aus einem Indianerzelt in der Prärie an, ein andermal telefoniert er vom Mond herunter, wo er soeben eine weiche Landung gemacht hat, oder er ist ein Reh, das sich im verschneiten Wald eine Mulde gemacht hat.

«Alle Leute brauchen Geschichten», sagte Markus, als müsse er es wissen. Dann sagte er: «Soll ich eine Weihnachtsgeschichte erzählen, eine ganz von mir allein? Also, da ist ein wunderbarer Stern am Himmel gestanden, der Weihnachtsstern. Der war nicht wie der Mond. Der Mond bekommt sein Licht von der Sonne, aber der Weihnachtsstern hat seine eigene Lichtmaschine. Und jetzt muss ich noch von der Erde erzählen. Die Erde ist auch ein Stern, aber nicht mit einem eigenen Licht, und darum haben die Menschen in der Stadt viele, viele elektrische Lichter angezündet, also so viele, so Kränze von Lichtern über die Strassen von einem Haus zum anderen Haus, so – so Gi – Giraffen …»

«Girlanden, Markus!»

«Du musst mich erzählen lassen! Also die Giraffen, die brannten alle und auch bei den Geschäften, die Saufenster … Aber warum heisst es Saufenster, wo doch alles aufgeräumt ist und mit vielen Lichtern dabei?» Ich klärte ihn auf, wonach die Geschichte weiter ging.

«Und weil über den Strassen die Giraffen brannten und in den – in den Saufenstern auch – aber du darfst mich nicht immer stören! – in den Saufenstern auch, darum blickten die Leute gar nicht bis zum Himmel hinauf. Am Himmel aber stand der wunderbare Weihnachtsstern, der von den drei Weisen. Warum sind das Weise, haben sie keine Mami und Papi gehabt?» Ich erkläre ihm den Unterschied zwischen einem Weisen und einer Waise, worauf er sagte:

«Gut, aber von jetzt an nicht mehr stören! Also, der Stern stand am Himmel und er sagte: ‹Ich will, dass die Menschen nach mir schauen und nicht nach den Giraffen, denn ich bin der wunderbare Weihnachtsstern, und ich mache, dass die Menschen fröhlich sind, und ich will sie rösten …›»

«Aber ums Himmels willen, warum will der Weihnachtsstern die Menschen rösten?»

«Wenn sie traurig sind, muss man sie rösten, dann ist alles wieder gut, aber du sollst nicht immer dreinschwatzen!» Ich unterliess gehorsam jede Erklärung.

«Der wunderschöne Weihnachtsstern», fuhr Markus fort, «flog vom Himmel zur Erde hinunter und dort ist zuerst ein Wald gewesen mit einer Nachteule. Die hat mit den Augen gezwinkert und gesagt: ‹Was ist das für ein helles Licht? Geh weg, du Licht!› Weil die Nachteulen nämlich andere Augen haben. Da ist der wunderbare Weihnachtsstern an einen anderen Ort geflogen und dort war Krieg und die Soldaten, ganz echte mit Gewehren, sind am Waldrand auf dem Bauch gelegen, weil da so ein frecher Feind war, und die Soldaten haben wütend gesagt: ‹Das können wir gerade noch brauchen, so einen hellen Stern! Geh weg, du Stern!›

Der wunderbare Weihnachtsstern sagte, dass sie sein Licht nicht mochten, und flog weiter. Und er flog und flog und flog wieder an einem Wald vorbei und über ein weites Feld. Dort stand ein Haus und die Leute waren fort in den Skiferien oder so und beim Haus standen zwei böse Schleicher, die wollten gerade hineinklettern und stehlen. Aber da ist der wunderbare Weihnachtsstern gekommen und hat ganz hell geleuchtet. Da rannten sie geschwind davon und waren furchtbar wütend.

Nachher flog der wunderbare Weihnachtsstern weiter und kam über die Stadt, wo die Giraffen angezündet waren. Und darum sah ihn niemand. Er sagte: ‹Ich muss unten durch fliegen, damit die Leute mich sehen›, und flog zwischen den Häusern, schaute in die Stuben der Menschen und leuchtete ganz hell. Aber in der Stube war auch viel Licht und die Leute hatten gar keine Zeit, hinauszuschauen.

‹Was soll ich nur machen? Niemand will den wunderbaren Weihnachtsstern anschauen!› Er flog jetzt noch tiefer als vorher. Da sassen in einer Stube ein ganz alter Mann und eine ganz, ganz alte Frau. Sie waren schrecklich arm und hatten es kalt und waren traurig. Sie hatten keinen Weihnachtsbaum, auch keine Kerzen und nichts. Plötzlich sagte der alte Mann zur alten Frau:

‹Schau dort, schau, ein Stern ist vom Himmel gefallen! Was für ein Stern ist das wohl?›

‹Vielleicht der Weihnachtsstern›, sagte die alte Frau. Sie schauten beide zum Fenster.

‹Wie hell er scheint!›, sagte der alte Mann.

‹Und wie warm er gibt! Spürst du es auch?›, fragte die alte Frau.

‹Ich bin extra vom Himmel gekommen, weil ich euch rösten und lösen will›, sagte der wunderbare Weihnachtsstern.»

«Trösten und erlösen, Markus!»

«Sag jetzt nichts, das ist meine Geschichte und jetzt muss man ganz still sein! Da sagte die alte Frau zum wunderbaren Weihnachtsstern: ‹Wir möchten mit dir kommen, dürfen wir?›

‹Kommt nur, bei mir ist es immer hell und warm!›, sagte er. Da sind sie mit ihm zum Himmel hinaufgeflogen. Oben hat der Weihnachtsstern gemacht, dass sie auch Sterne wurden. Jetzt waren es drei Sterne anstatt nur einer. Drei wunderbare Weihnachtssterne! Jeder hatte sein eigenes Licht und sie haben zusammen so hell gestrahlt, viel, viel heller noch als die Giraffen! So hell haben sie geleuchtet, dass die Menschen hinaufschauten, und alle traurigen Menschen freuten sich und wurden geröstet. Fertig!»

Jetzt möchte ich keine eigene Weihnachtsgeschichte mehr schreiben.

-minu

Vor einer Stunde …

… bereits haben die Geschäfte geschlossen. Fröhlich und lachend haben sich die Verkäuferinnen und Angestellten davongemacht, die meisten wieder heim hinter die Grenzen dieser Stadt. Und alle froh, diesen Stresstag hinter sich gebracht zu haben.

Langsam hat sich die City entleert. Die Lichter hinter den grossen Fenstern sind erloschen, wie später die Kerzenflammen an den Tausenden von Tannen ausgehen werden. Nur die Weihnachtsbeleuchtung in den Geschäftsstrassen funkelt noch prächtig, doch kalt wie Diamanten und hell wie tausend Milchstrassen voller Sterne …

Seit sechszig Minuten sind die Beleuchtungen zu ihrem eigenen Anachronismus geworden. Sie haben ihren Zweck überlebt, funkeln nun für keinen mehr, das Weihnachtsgeschäft hat ausgeklingelt. Die Kasse ist gemacht. Nicht das Weihnachtskind, nein, bereits der Ausverkauf steht vor der Tür.

Das Kind weiss nicht, wohin es gehen soll. Nur eines weiss es bestimmt: Heim geht es nicht. Will es nicht.

Zu Hause wartet wohl der Weihnachtsbaum. Aber zu Hause wartet auch wieder all dieser Stress, den der Junge nicht mehr ertragen kann: die Mutter, die kein Wort mehr mit dem Vater spricht, seit diese Frau angerufen hat. Der Vater, der stumm in einer Ecke hockt und ein Glas Bier nach dem anderen bechert.

Das Kind war zum Sender der beiden geworden: «Sag deiner Mutter …» Und: «Sag deinem Vater …» – dies nun schon seit Wochen.

Der Bub geht am Rathaus vorbei. Die riesige Prachttanne im Hof, die stolz-wuchtig dasteht und seit Wochen schon von den Menschen dieser Stadt bewundert worden ist, sieht er nicht. Im Fenster eines Sportgeschäfts liegt das Computerspiel, das er sich gewünscht hat. Er weiss, dass er es bekommt. Dafür braucht er keine Wunschliste zu schreiben. Und auch keinen Brief ans Christkind – früh schon haben ihn die Eltern aufgeklärt, dass dies alles nur eine christliche Glaubensform und oft einfach eine Geschäftemacherei sei. Wenn er einen Wunsch habe, soll er es ihnen einfach sagen …

Er hatte nur den einen Wunsch: Sie sollten endlich wieder miteinander reden. So wie früher. Das Ganze sollte wieder die alte Familie werden – mit den vertrauten Tönen.

Natürlich hatten sich die beiden immer wieder mal in den Haaren gelegen. Zumeist wegen verschiedener politischer Auffassungen. Und immer ist es dann laut dabei hergegangen. Aber das war nie schlimm, obwohl das Kind damals Politik hassen lernte, weil sie stets den Zündstoff für den Zoff legte.

Doch diese Streiterei war besser gewesen als dieses sich Anschweigen, diese bleierne, tödliche Stille im Haus, die ihn nicht mehr denken liess. So, dass seine Schulnoten abrupt in den Keller jagten.

Bei der Goldenen Apotheke waren zahlreiche Krippen zum Fest ausgestellt. Der Junge blieb stehen, schaute sich die verschiedenen Kunsthandwerkarbeiten aus allen Ländern an. Überall lag ein kleiner Jesus herum. Einmal auf Stroh, einmal auf einem Schaffell – zweimal auf dem Schoss seiner Mutter. Und immer mit diesen strahlenden Augen. Und einem geheimnisvollen Lächeln.

Patrick atmet schwer. Es wäre schön gewesen, an dieses Wunder glauben zu dürfen. Er wusste, dass die kleine Anja eben diesem Krippenkind ihre Sorgen anvertraute. «Ich erzähle ihm alles», hatte sie ihm auf dem Schulheimweg gesagt. «Was ich mir auf Weihnachten wünsche … und wen ich gerne habe und welchen Lehrer ich gar nicht mag … und dass ich in der Schule Mist gebaut habe und einfach alles ...»

Er mochte Anja in ihrer frohen Art. Er wünschte sich, sie wäre jetzt bei ihm. Und würde ihn dem kleinen Krippenkind irgendwie vorstellen. So könnte er vielleicht seine Sorgen ausbreiten, mit ihm über all seine Probleme reden und ...

Der Junge geht weiter, macht dann aber abrupt kehrt und spricht zum Schaufenster: «... mach, dass sie wieder miteinander reden!»

Eben in diesem Augenblick hört er diese wunderschöne Musik, Töne aus einer anderen Welt.

Er geht den Melodien nach. Sie führen ihn über den Schlüsselberg an den alten Häusern vorbei bis zum Münsterplatz.

Die beiden Türme sind hell erleuchtet und er sieht auf den schmalen Terrässchen hoch über dem Platz die Bläser, welche ihre Choräle in die kalte Nacht hinaus tönen lassen.

Patrick gesellt sich zu den Leuten, die andächtig dem Konzert lauschen. Zwischen den einzelnen Chorälen ist es still, fast wie zu Hause. Aber das hier ist eine friedlichere Stille, ein sanftes Schweigen.

Lautlos gleiten nun auch die ersten Schneeflocken auf die Pflastersteine, tanzende Sterne, die seine Nase kitzeln. Und der Stadt in wenigen Minuten einen weissschimmernden Festtagsmantel überwerfen.

Die Posaunen sind verstummt. Die Leute haben sich davongemacht, haben einander «frohes Fest» gewünscht. Und den Jungen allein auf dem grossen Platz zurückgelassen. Nicht ganz allein, beim Eingang der Kathedrale steht ebenfalls ein Kind und winkt.

Zögernd geht Patrick auf den Kleinen zu: «Was machst du denn hier?» Das Kind hat die strahlendsten Augen der Welt: «Ich freue mich über Weihnachten», lächelt es.

«Gehst du nicht heim?» Patrick schaut das Kind fragend an.

Es trägt bei dieser Affenkälte nicht einmal einen Mantel, nur ein dünnes Hemd.

«Willst du meine Jacke? Ich trage einen dicken Pullover darunter.»

«Mir ist nie kalt», lächelt das Kind, «aber weshalb gehst du nicht nach Hause?»

Patrick berichtet ihm von seinem Kummer, ja er weiss gar nicht, wie ihm geschieht: Schon sitzen die beiden vor dem riesigen Portal auf dem Boden und Patrick erzählt dem Jungen alles, was ihn bedrückt ...

Am Schluss schaut der Junge im weissen Hemd Patrick lange an: «Hast du keinen, dem du alle deine Sorgen anvertrauen kannst, den du um etwas bitten könntest?»

Patrick schüttelt den Kopf: «Die feiern doch jetzt alle Weihnachten ... wir feiern zu Hause keine Weihnacht. Das heisst, wir feiern schon mit einem guten Essen und Geschenken. Aber meine Eltern sind aus der Kirche ausgetreten. Sie wollen, dass ich mich später selber einmal dafür oder dagegen entscheiden kann.»

«Deine Eltern sind intelligente Menschen», lächelt das Kind, «aber das Herz redet nicht immer die Sprache der Gescheiten.»

Ein Mann mit hellen, freundlichen Augen schüttelt Patrick an der Schulter: «Was tust du hier, wer bist du?»

Patrick fährt erschrocken hoch. Der Mann hilft ihm auf die Beine und der Junge schaut sich verwirrt um: «Wo ist das Kind?» «Welches Kind? Hier ist kein Kind. Wie heisst du denn?» Patrick schaut über den Platz. Er ist nun weiss. Und menschenleer. «Das Kind war doch eben noch hier», stammelt der Junge. Und plötzlich weiss Patrick, dass es keine Spuren im Schnee gibt.

«Ich muss den Weihnachtsgottesdienst vorbereiten», lächelt nun der Münsterpfarrer, «aber vorher bringe ich dich noch heim. Komm rasch.» Der Junge ist in seinen Gedanken in einer anderen Welt.

Wie der Wagen des Pfarrers in die Strasse seiner Eltern einbiegt, sieht er das Polizeiauto vor dem Haus. Seine Eltern reden auf zwei Polizisten ein. Er sieht, dass seine Mutter weint. Und er sieht, dass der Vater sie in seinen Armen tröstet. Plötzlich spürt der Junge ein unbeschreibliches Glücksgefühl in sich aufsteigen, ein Stückchen echte Weihnachtsfreude. «Was hast du gesagt?», lächelt der Pfarrer und stoppt das Auto hinter dem Polizeiwagen.

«Sie reden wieder miteinander», sagt der Junge.

Barbara Noack

Bis es endlich soweit ist …

24. Dezember, 6 Uhr früh. Anette rüttelt ihre Eltern wach und fragt, ob das Christkind schon da ist. Anettes Vater stöhnt: «Nei-ein.»

«Warum nicht?», fragt Anette.

«Weil das Christkind auch noch 'ne Stunde schlafen möchte. Darum.»

Kurz vor acht schwärmt die Familie zum Anstehen aus. Der Vater steht beim Fischladen an, die Mutter beim Metzger, Peter beim Bäcker und Anette vor der Tür zum Weihnachtszimmer. Damit sie die Ankunft des Christkinds nicht verpasst.

8 Uhr 55. Peter holt den Weihnachtsbaum vom Balkon ins Wohnzimmer. Es schneit Nadeln auf den Teppich. Mickrig ist er auch, wer hat sich denn den andrehen lassen? «Es war ein Sonderangebot», nuschelt der Vater und stülpt den Keller nach dem eisernen Ständer um. Und bellt Vorwürfe retour: «Wieso wird in diesem Haus nie etwas so weggeräumt, dass man es gleich wiederfindet, wenn man es braucht? Kann mir das mal einer sagen!?»

Von 9 Uhr 30 bis 10 Uhr 14 schnitzt er am Christbaumstamm wie an einem zu gross geratenen Bleistift herum. Dann passt er endlich ohne Schlagseite in den Ständer.

Während die Mutter ihn schmückt, stellt sie fest, dass sie nicht genügend Kerzen hat. Peter wird losgeschickt. «Und bring zur Sicherheit noch ein Pfund Butter mit, Junge, hörst du?»

11 Uhr 23. Ein Postauto hält vorm Haus. Anette sieht es vom Fenster aus. Riesenspannung: Bei wem klingelt der Postmann mit dem Paket?

Bei den Neumanns oben. Ach, wieso denn bei den Neumanns? Die haben doch gar keine Kinder. Wozu brauchen alte Leute ein grosses Paket?

Bis 11 Uhr 50 ist die Mutter mit dem Aufstellen der Geschenke beschäftigt. Anettes Päckchen (eingewickelt im Vorjahrespapier, das noch nicht allzu sehr zerknittert ist) kommen auf die Kommode, Peters auf den kleinen Tisch, die Eltern teilen sich das Sofa und die Grosseltern werden auf dem Klavier beschert. Hoffentlich gefällt Oma die Bluse. Sie sagt ja nie, was sie sich wünscht, bloss immer diese falsche Bescheidenheit: «Kindchen, ich brauch wirklich nichts. Das einzige, was ich mir wünsche, ist, dass ihr gesund bleibt.»

Ich möchte mal ihr Gesicht sehen, denkt die Tochter, wenn sie am Heiligen Abend mit liebevoll eingewickelten Päckchen bei uns eintrifft, und es liegt auf ihrem Gabentisch nichts anderes herum als unsere Gesundheit, mit Peters Schnupfen als Dekoration. Kann sie nicht sagen: Ich brauche eine Kaffeemaschine oder eine Schürze? Ein Glück wenigstens, dass Schwägerin Hilde mit einer Kollegin aus dem Büro nach Teneriffa geflogen ist. Das ist das schönste Geschenk für die Mutter: einmal Weihnachten ohne Hilde! Wenn sie bisher anreiste, wünschte sie sich nur ein mageres Süppchen und einen Toast als Festessen. «Du weisst doch, Liesl, meine Galle!» Und dann frass sie der Familie den halben Karpfen mit Buttersauce und Rahmmeerrettich fort und anschliessend lag sie flach und hatte Koliken. Einmal Weihnachten ohne Notarzt!

Hilde pflegt ihre Geschenke auf ihren weiten Reisen zu kaufen, denn auf Reisen sitzt das Geld locker, sagt sie. So ist die Familie schon zu imitierten Schrumpfköpfen, bemalten Kokosnüssen, Muscheleulen und lila Mexikanerhüten mit Silberkordeln gekommen. Vorige Weihnachten hat der Vater von seiner Schwester Hilde zusätzlich zu einer sehr unanständigen Holzfigur aus Haiti eine von Hilde in den Landesfarben umhäkelte Klorolle erhalten mit der Ermahnung, sie sichtbar vorm Heckfenster seines Autos zu postieren. Nun mag der Vater umhäkeltes Toilettenpapier nicht sehr und sieht auch seinen Sinn nicht ein, denn wenn ihn in der Stadt ein unverhofftes Bedürfnis zur Schleunigkeit beflügelt, findet er auch irgendwo ein Klo und auf seinen Fahrten über Land ... Allein die Vorstellung, in der Eile die Rolle aus ihrer Häkelei zu fummeln, dann ab damit ins Dickicht, danach die Rolle wieder ins Gehäkelte zurück und überhaupt ist das bisher mit Kleenex aus dem Handschuhfach so unkompliziert gewesen ...

Bei ihrem letzten Besuch im September fiel es Hilde in den ersten fünf Minuten auf: kein putziges Klorollen-Häkelhütchen vor der Heckscheibe des brüderlichen Wagens, ja, warum denn nicht? Da hatte sie sich so viel Mühe gemacht, allein mit dem gewellten Rand ...

«Ich habs auf einem Parkplatz vergessen», bedauerte ihr Bruder.

«Auf welchem?», wollte Hilde wissen.

Ja, du lieber Herr Gesangsverein, auf welchem – es fiel ihm auf die Schnelle nur ein «in der Höhe von Munau» ein. Hilde bewegte sein Geständnis im Herzen.

12 Uhr. Anette brüllt gegen das Mittagsgeläut des nahen Kirchturms an. Brüllt wie am Spiess. Was ist denn nun schon wieder? Aus ihrem Schluchzen ist zu vernehmen, dass sie in der Eile gestolpert und gegen die Tischkante geflogen ist. Sie zeigt wo auf ihrer Stirn. Messer auflegen, damit keine Beule draus wird. Schokoladenplätzchen auf den Kummer legen, damit er vergeht. Getröstet fragt Anette, wann denn nun endlich das Christkind kommt.

«Bald», sagt die Mutter.

«Wann ist bald?», fragt Anette.

12 Uhr 47. Türklingeln. Auch das noch. Wer kommt denn nun? Wie das hier aussieht, am besten nicht aufmachen. Ru-

hig klingeln lassen. Anette sagt, vielleicht ist es das Christkind, und schaut aus dem Küchenfenster. Es ist nicht das Christkind, aber Opa und Oma. Sie haben einen Zug früher genommen als angekündigt und noch nicht zu Mittag gegessen, «aber bitte, bitte Liesl, mach dir keine Umstände.» Der Vater führt Oma und Opa ins Schlafzimmer, denn ins Wohnzimmer darf keiner mehr vor der Bescherung hinein. Die Oma sagt zu ihrem Schwiegersohn, dass sie ihm das Wertvollste aus dem Familienbesitz mitgebracht hätten. An sich sollte er das mal erben, wenn sie beide tot sind, aber Opa hat auch gesagt: «Mit warmer Hand geben ist schöner als mit kalter.»

Und diese bedeutende Mitteilung fünf Minuten vor Ladenschluss! Der Vater (ohne persönliches Geschenk für sie) schiesst mit Hausschuhen zur nächsten Drogerie, schmeisst sich mit der Schulter gegen die bereits geschlossene Ladentür, bummert mit Fäusten, japst: «Aufmachen! Brauche dringend warmen Dank für Schwiegermutter! Am besten Parfüm – na ja, Kölnisch Wasser tuts auch.»

13 Uhr 15. Die Mutter vermisst Peter mit den Kerzen und der Reservebutter. Wo steckt er denn nur? Er ist schon Stunden fort – der Bub kostet sie noch den letzten Nerv (den allerletzten kostet sie Anette mit ihrer Christkindfragerei) –, ausserdem muss sie zu ihren Nachbarn Nonnenmacher, die haben ihre Gans in der Gefriertruhe aufbewahrt.

Die Mutter klingelt also bei Nonnenmachers. Und wer öffnet? Ihr Sohn Peter. Mit dem Teesieb in der Hand, in dem ein Zierfisch zappelt. Sie schreit: «Ich denke, du bist Kerzen holen! Stattdessen siebst du Nonnenmachers Schleierschwänze!»

«Die Kerzen war ich holen», sagt Peter. «Als ich heimkam, hörte ich sie kreischen. Da habe ich geklopft.»

«Was war denn los?»

Sein Gesicht erhellt ein Grinsen: «Ihr Aquarium ist geplatzt.»

«Ja und?», fragt die Mutter.

«Stell dir mal zweihundert Liter Wasser im Wohnzimmer vor!» Das kann sie nicht. Muss aber trotzdem lachen – sie hat ja auch kein Aquarium, das am 24. Dezember platzen kann.

Über pitschnasse Auslegeware und Teppiche hüpft die Mutter vom Flur zum Wohnraum. Dort trifft sie auf Nonnenmachers in Gummistiefeln, die lachen gar nicht.

Verdorbener Fussboden, verdorbenes Fest und obendrein Kurzschluss. Die Zierfischchen – lauter kostbare Exemplare – schwammen nach dem Malheur unters Sofa, unter die Heizkörper und sogar unter den Weihnachtsbaum, überall dorthin, wo Fische sonst selten hinkommen und auch gar nicht gerne hinwollen. Zwei fehlen noch, die haben sie noch nicht gefunden und wenn sie sich die ganze Bescherung so besieht, dann möchte sie am liebsten auswandern, jammert Frau Nonnenmacher.

15 Uhr 40. Anette fragt zum – ach, das kann man schon nicht mehr zählen –, wann das Christkind nun endlich kommt. Sie wird von ungeduldigen, nach Heringsalat duftenden Händen winterlich eingepuppt und mit Grossvater an die Luft geschickt – «und kommt ja nicht so bald wieder, hört ihr?»

Opa und Anette gehen unter einem Schirm, weil es stürmt und nieselt. Das ist typisch – vor Weihnachten haben sie den schönsten Schnee und sobald der 24. Dezember naht, setzt Tauwetter ein.

Opa steuert die nächste Wirtschaft an und bestellt Grog für sich und eine Cola für Anette. Der Wirt sagt zu Opa: «Sehen Sie den dort drüben?», er zeigt auf einen älteren Beamtentyp, der einsam am Tisch sitzt und in einem Notizbuch blättert. «An jeder Weihnachten dasselbe. Wittler, so heisst er, geht durch die Kaufhäuser mit seinem Notizbuch und schreibt die Preise für Geschenke für eine vierköpfige Familie auf, dann zählt er sie zusammen und schimpft auf das Erpresserfest, das den Menschen den letzten Groschen aus der Hose zieht und sie auch noch in Schulden stürzt.»

Oh, das kann er verstehen, nickt Opa, er hatte selbst drei Kinder und den Waisen von seinem verstorbenen Bruder.

«Sie verstehen eben nicht richtig», sagt der Wirt, «der Wittler ist ein Junggeselle.»

Und das versteht Opa nun wirklich nicht.

«Nämlich ist das so, der Wittler notiert sich das Jahr für Jahr aus Freud am Geiz, was er alles spart, indem er nicht für eine Familie zu Weihnachten einkaufen muss.»

«Also, froh sieht der nicht aus.»

«Nein», sagt der Wirt, «weil sich der Wittler immer mehr zum armen Schwein spart, wo er doch niemanden zum Ausgeben hat.»

16 Uhr. Zu Hause ist dicke Luft. Der Vater mosert, weil er seinen dunklen Anzug anziehen soll. Mit Krawatte.

«Wozu denn, kommt doch keiner.»

«Und wir?», fragt Oma pickiert. «Sind wir vielleicht gar nichts?» (Oh, wären sie doch lieber zu ihrer Tochter gefahren!) Beim Heimkommen findet Anette Engelshaar auf dem Flurteppich. Das Christkind ist endlich da.

Wie spät ist es? Halb fünf? Ja, dann können wir doch langsam anfangen. – «Zündest du die Kerzen an?» – «Oma ist schon wieder beleidigt, kannst du mir sagen, warum?» – «Ruhe, Anette, gleich ist es soweit.» – «Hast du die Platte mit den Weihnachtsliedern?»

«Aber das ist doch Udo Lindenberg. Müsst ihr die Dinger immer in die falschen Hüllen stecken, ja? In diesem Haus ist nie etwas an seinem Platz!»

«Nun mecker nicht, ich tus auch nicht, obgleich ich nicht mehr stehen kann. Meine Füsse, also ich bin total geschafft – wo hab ich denn die Bimmel? Alles klar? Ich klingle jetzt!»

Beim Ton des Glöckchens stolpert Anette, an Opas Hand, blinzelnd vor seliger Befangenheit, ins Weihnachtszimmer. Peter sieht sofort seine neuen Skier.

Oma fängt die ersten Tropfen seelischer Erschütterung mit der Unterlippe auf.

Anettchen singt «O du fröhliche, gabenbringende Weihnachtszeit». Der Vater hält eine neue, in den Landesfarben umhäkelte Klorolle in den verdutzten Händen – «als Ersatz für die verloren gegangene», hat Hilde dazu geschrieben.

Aller Ärger ist vergessen, alle Hetze der letzten Wochen, das Loch auf dem Konto, die schmerzenden Füsse, Oma will auch nicht mehr zur anderen Tochter fahren.

Vielleicht sollte man Nonnenmachers nach dem Abendessen rüberbitten!? Damit sie mal trockene Füsse kriegen …

Weihnachten ist schön, nicht nur für Anette.

«Kommt das Christkind bald wieder?», fragt sie ihre Mutter beim Ausziehen.

«Nächstes Jahr.»

«Wann ist nächstes Jahr?», fragt Anette.

Florence Develey

Als wärs ein Zauber

«*Hier* soll ich mich einspielen?» Die Lippen von Elvira Petuzzi zogen sich zu einem Strich zusammen. «Das kann nicht Ihr Ernst sein! Der Raum ist feucht und muffig und die Nebengeräusche unerträglich. Was ist das? Ein Betonmischer oder eine Kettensäge?»

Der junge Konzertveranstalter machte den unbeholfenen Versuch eines Bücklings und erwiderte unterwürfig: «Sie müssen vielmals entschuldigen, Signora, aber die Restaurierungsarbeiten in den Proberäumen des Erdgeschosses haben sich verzögert. Wir haben alles versucht, aber es gibt keinen anderen Platz als diesen hier, in dem Sie in Ruhe üben können …» «In *Ruhe?* Das ist der beste Witz, den ich seit Langem gehört habe!» «Bitte, Signora, verstehen Sie doch …» «Nichts werde ich! Ich werde meine Violine nicht auspacken und heute Abend nicht spielen.» «Aber das Weihnachtskonzert … all die Leute …»

Der Konzertveranstalter sah elend aus. Der Umbau des Kursaals hatte ihn mitgenommen und man sah seiner Gesichtsfarbe die Anspannung der letzten Wochen deutlich an. Nun schien er gänzlich in sich zusammenzufallen. Flehend sah er sich nach etwas oder jemandem um, der die Violinvirtuosin zu beruhigen vermocht hätte. Die beiden Herren in dunkeln Anzügen, die Elvira Petuzzi seit ihrer Ankunft begleiteten, hatten sich abgewendet, als ginge sie die Sache nichts an. «Ich werde Ihnen ein Glas Wasser holen», meinte er resignierend und zog sich fast kriechend zurück.

Elvira Petuzzi setzte sich auf einen Stuhl und sah sich um. Kahle Betonwände, ein zerschlissener Spannteppich und eine Unmenge unsorgfältig aufeinander gestapelter Stühle waren das einzige, was dieser Kellerraum hergab. «Eine Zumutung», sagte sie laut für sich. «Was um alles in der Welt sind das für Töne von nebenan? Das ist ja nicht auszuhalten!» Elvira Petuzzis Begleiter waren offensichtlich an Ausbrüche dieser Art gewöhnt und unternahmen erst gar keinen Versuch, auf sie einzugehen. Sie standen einfach da, anscheinend darauf wartend, Elviras Sachen wieder zusammenzupacken, die sie erst gerade heruntergetragen hatten.

Elvira sass ungeduldig auf ihrem Stuhl und schlug die Beine übereinander. Keine zehn Sekunden später sprang sie auf und schritt energisch zur Tür. Sie riss sie auf und marschierte entschlossen den Gang entlang, aus dem der für ihre Ohren so beleidigende Lärm drang. Ohne anzuklopfen, öffnete sie eine Tür nach der anderen und streckte ihren Kopf hinein. Überall bot sich ihr derselbe Anblick: gestapelte Stühle, Kisten, Bühnenelemente, zerknülltes Zelttuch und ausrangierte Scheinwerfer. Und überall stieg ihr dieser modrig-süssliche Geruch in die Nase, der sie leicht schwindeln liess. Woher aber kam dieses entsetzliche Gekratze?

Am Ende des Flurs stand eine Tür leicht offen. Das von innen kommende Licht warf einen schalen Schein in den Korridor. «Hallo, Sie!» Elvira war in den schlecht beleuchteten Raum getreten und steuerte direkt auf die Person zu, die mit dem Rücken zur Tür sass. «Hören Sie auf damit!» Sie hatte den Stuhl, auf dem die Person sass, erreicht und musste sich beherrschen, ihr die Geige nicht eigenhändig aus der Hand zu reissen. Wie konnte jemand ein so edles Instrument derart grauenhaft verhunzen? Dass es sich dabei um ein Kind handelte, hätte Elvira allerdings nicht gedacht. Beim Anblick dieses kleinen Wesens, das eine viel zu grosse Geige unter sein Kinn zu pressen und das Griffbrett mit seinen Fingerchen zu drücken versuchte, hielt Elvira einen Moment inne. «Entschuldige», murmelte sie, «ich wusste nicht, dass du noch klein bist. Du spielst irgendwie nicht wie ein Kind.» Die

Kleine sah Elvira schweigend an. Sie hatte grosse, dunkle Augen. Ihr krauses Haar fiel wild in ihr Gesicht. Elvira fühlte sich unbehaglich. «Es tut mir wirklich leid. Ich wollte dich nicht erschrecken.» Und weil das Kind noch immer nichts sagte, fuhr Elvira fort: «Diese Geige ist viel zu gross für dich. Hat man dir denn keine gegeben, die auf deine Grösse passt?» Das Mädchen schüttelte den Kopf. «Ja, warum denn nicht? Wo ist dein Lehrer, ich werde mit ihm sprechen.» Das Kind schwieg beharrlich. «Gut, wenn du es mir nicht sagen willst, werde ich Herrn Jehle fragen, der wird wohl wissen, was hier vorgeht.» Elvira machte auf dem Absatz kehrt und verschwand in Richtung des ihr zugedachten Proberaums.

Da stand er schon, der gebückte Konzertveranstalter, mit einem kleinen silbernen Tablett und einem Glas Wasser drauf. «Herr Jehle, wer ist dieses Mädchen, das da am Ende des Ganges übt, und warum hat es keine Geige, die seiner Grösse angemessen ist?»

«Verzeihen Sie, Signora, aber ich kann Ihnen auch nicht genau sagen, wer dieses Kind ist. Ich weiss nur, dass es Cécile heisst und dass sie seit etwa einem Jahr jeden Tag herkommt. Sie sitzt manchmal eine Stunde lang einfach da und hört zu, wenn das Sinfonieorchester im grossen Saal probt. Von ihrem Kellerzimmer aus kann man die Musik besonders gut hören, darum sitzt sie wohl immer dort. Und dann versucht sie, das Gehörte nachzuspielen. Die Geige muss sie wohl hier unten irgendwo gefunden haben. Ich weiss es nicht, sie spricht ja nicht.» «Sie spricht nicht?» «Nein, sie hat noch nie etwas gesagt.» «Hat sie denn keine Familie, jemanden, der sich um sie kümmert?», fragte Elvira beinahe ärgerlich. «Manchmal wird sie von einer jungen Frau abgeholt, die sagt, sie sei ihre Schwester. Ich weiss nicht, ob es stimmt. Ich halte sie eher für die Mutter.» «Zustände sind das», sagte Elvira kopfschüttelnd und bückte sich nach ihrem Geigenkasten. «Heisst das, sie werden doch ...» Herr Jehles Gesicht hellte sich auf. Doch Elvira liess ihn stehen und steuerte auf Céciles Kellerzimmer zu.

Sie klopfte an und trat behutsam zum Stuhl des Mädchens. «Du liebst wohl die Musik, nicht wahr?», fragte sie weich. Cécile nickte. «Dann will ich dir etwas vorspielen. Es ist ein Stück aus dem Weihnachtsoratorium, das ich heute Abend da oben spielen werde. Es erzählt die Geschichte eines Kindes, das so ohnmächtig war wie alle Kinder dieser Welt. Aber es wusste, dass man Unglaubliches erreichen kann, wenn man fest an die Gaben glaubt, die Gott uns ins Herz gelegt hat. Und nun hör der Musik gut zu.»

Elvira setzte sich vor das Kind und begann zu spielen. Sie sah dabei in Céciles weit offene Augen und es war ihr, als spielte sie durch sie hindurch direkt in das Herz des Kindes. Wie von Zauberhand breitete sich ein tiefer Friede zwischen beiden aus; ein Friede, der keiner Worte bedurfte und der die Herzen tanzen liess, ohne dass Bewegung nötig war. Und als Elvira den letzten Ton verklingen liess, legte sie die Violine nieder und umfasste die Hände der Kleinen. «Cécile», sagte sie zärtlich, «auch wenn du niemals die Sprache finden solltest, du wirst dich ausdrücken lernen. Auf deine Art. Wenn du willst, werde ich dir dabei helfen.» Sie strich ihr übers Haar, nahm ihre Geige und verliess leise den Raum. Zu Herrn Jehle, der immer noch verunsichert im Probekeller stand, sagte sie nur: «Lassen Sie uns nach oben gehen. Ich bin bereit.»

Bruno Schlatter

Benno und der gestohlene schwarze Koffer

Benno sass frierend auf der Bank gleich neben dem Haupteingang zum grossen Gemüsemarkt. Trotz dem dicken Wintermantel, den ihm eine alte Dame vor ein paar Tagen geschenkt hatte, fröstelte es ihn. Er hatte die Hoffnung aufgegeben, mit dem Abladen von Früchten und Gemüse etwas Geld zu verdienen. Es war ja mitten im Dezember und auf dem Grossmarkt war nicht mehr viel los. So sass er halt einfach da, der Gelegenheitsarbeiter Benno, und griff zur Weinflasche, die seinen Mantelsack aufbeulte. «Eigentlich will ich weniger als früher trinken», dachte er so vor sich hin. Trotzdem entkorkte er die Flasche und nahm einen kräftigen Schluck.

Benno wollte schon zum nächsten Schluck ansetzen, als er auf der anderen Strassenseite einen jungen, eleganten Herrn mit einem kleinen schwarzen Koffer bemerkte. Er schien auf jemanden zu warten. Wehmütig und traurig musterte Benno den Mann und erinnerte sich, früher auch einmal bessere, viel bessere Zeiten gehabt zu haben. Aber jetzt war er Benno, der Stadtstreicher, manchmal etwas angetrunken, von der Hand in den Mund lebend und auch schon kurz im Gefängnis gewesen. Zwar nur wegen Kleinigkeiten, Diebstählen und eher harmloser Schwindeleien. Aber er war halt doch ein Vorbestrafter ohne Arbeit und mit wenig Geld für noch ein oder zwei Tage.

Ein roter, flitziger Wagen fuhr auf der gegenüberliegenden Strassenseite vor und Benno glaubte, eine junge Dame zu erkennen, die dem jungen Mann die Autotüre öffnete. Sie küssten sich im Wagen, bevor dieser losfuhr. Benno blickte wieder vor sich hin. Es dauerte eine Weile, bis er ihn bemerkte. Einsam stand er da auf dem Gehsteig, der kleine schwarze

Koffer. Benno zögerte nicht lange. Er stand auf, blickte nach links und rechts, überquerte die Strasse und ergriff den herrenlosen Koffer und machte sich davon. «Ob das doch noch mein Glückstag wird?» Seine Gedanken überschlugen sich, was wohl in dem Koffer sein könnte.

Schöne Kleider, wertvolle Dinge, vielleicht sogar Bargeld. Ja, Bargeld wäre das Beste. Immer schneller wurden seine Schritte. Noch über die zwei Bahngeleise und hinein in seine Hütte, eine alte verlassene Baubaracke der Eisenbahn. Er zahlte keine Miete, wurde dort einfach geduldet, bis sie irgendwann abgebrochen würde. Benno legte den Koffer auf den Tisch und öffnete das Klappschloss.

Der Koffer war offen. Benno traute seinen Augen kaum, riss den Inhalt heraus und betrachtete ihn immer und immer wieder. Es war kaum zu fassen. Benno wollte seine Enttäuschung und Wut laut herausschreien. Verwundert und verärgert hielt er den gesamten Inhalt in seinen Händen: ein wunderschönes rotes Nikolausgewand mit Kapuze, dazu ein grosser Sack mit Rute und ein weisser Bart. Sogar das Klebemittel für den Bart fehlte nicht. Der enttäuschte Mann warf das Gewand achtlos in eine Ecke und blieb stumm auf dem einzigen Stuhl sitzen. Im alten Ofen glühten noch wenige Holzscheiter. Lustlos legte er noch einige neue dazu. Bald wurde es ein wenig wärmer im einfachen Raum. Benno stierte trostlos vor sich hin.

Unversehens begann Benno dann aber leicht zu lächeln und schaute auf den roten Umhang am Boden. «Eigentlich geschieht es mir recht, weil ich wieder einmal etwas stehlen wollte; nun habe ich die Strafe.» Solche Gedanken bedrängten den Stadtstreicher. Doch je länger er auf das Nikolausgewand starrte, desto mehr reifte in ihm ein Gedanke. Er wusch sich, zog warme Unterkleider an und hüllte sich in den roten Mantel des Weihnachtsmannes. Er klebte den weissen, langen

Bart an Wangen und Kinn und zog sich auch die Kapuze über den Kopf. Und seine eigenen schweren Arbeitsschuhe passten geradezu ideal zu einem Nikolaus. Er suchte nach einem Spiegel, um sich zu betrachten. Ganz vermochte er sich nicht zu sehen, aber das Gesicht, das er sah, gefiel ihm. Ein anderer Mensch schaute ihn an, das war nicht mehr der heruntergekommene Gelegenheitsarbeiter Benno, nein, das war jetzt ein stattlicher Weihnachtsmann. Geradezu übermütig verliess er das Häuschen am Bahndamm. «Jetzt gehe ich zu meinen Kumpeln im Stammlokal», schmiedete Benno seine Pläne. Es war eine etwas verrufene, schäbige Kneipe, wo sich Aussenseiter und Ausgestossene trafen.

Zuerst aber ging Benno hinüber zum Grossmarkt und fragte nach etwas Obst für einen armen Nikolaus. Und siehe da: Kaum einer der Obst- und Gemüsehändler schlug dem Nikolaus die bescheidene Bitte ab. Fast jeder gab ihm einige Äpfel, Orangen, Nüsse und sogar Datteln. Der Sack füllte sich. Und alles war gratis; es war ja sowieso bald Feierabend und deshalb überliessen die Händler Benno gerne die nicht verkauften Reste aus den Obstharassen. Mit vollem Sack platzte Benno in die schummrige Kneipe. Schlagartig verstummte jedes Gespräch der Wirtshausgäste. Das hatte es seit Jahren nicht mehr gegeben, dass sich ein Weihnachtsmann in ihr Lokal verirrte. Hundert kritische Augen blickten auf den Nikolaus. «Du hast dich wohl verirrt, verschwinde; hier brauchen wir keinen wie dich!», rief der grimmig dreinschauende Rolf wütend und er machte sogar eine aggressive Drohgebärde gegen den Nikolaus. «Gerade du, Rolf, brauchst einige mahnende Worte von mir», brummte Benno unter seinem angeklebten weissen Bart. «Mit dir, Rolf, bin ich gar nicht zufrieden.» Nun wurde es plötzlich mäuschenstill im sonst lauten Lokal. Sogar dem Rolf verschlug es das meist freche Mundwerk. Und der Nikolaus begann auch mit seinen anderen Kollegen zu reden. Er kannte ja ihre Stärken, aber auch ihre Laster und Schwächen. Sie jedoch erkannten ihn nicht. Für sie war er einfach ein Nikolaus, der unerwartet in ihre Kneipe gekommen war. Die unansehnliche Wirtshausstube war für manche Gäste die einzige warme Bleibe, wo sie unter sich waren und so etwas wie ein Zuhause fanden. Mit zunehmender Aufmerksamkeit, beinahe wie kleine Kinder, lauschten sie nun den lobenden und mahnenden Worten des Nikolaus. Das war einer, der so wie sie redete und um ihre Sorgen wusste, und einer, der nicht nur schimpfte, nein, sondern auch aufmunternde Worte fand. Toleranz, Kameradschaft, einander helfen – das sei besonders wichtig, wenn man einsam und mittellos dastehe. Es freue ihn, wenn hier, in dieser Kneipe, Kollegialität gepflegt werde, sagte der Nikolaus mit feierlicher Stimme.

Wenn für diesen und jenen vielleicht die Anerkennung ein wenig übertrieben war, so taten die Worte den Männern gut und sie freuten sich. Zuletzt verteilte Benno, der Stadtstreicher, der für eine Stunde zum unbekannten Nikolaus geworden war, seine Gaben. Die Orangen, Äpfel und Nüsse auf den einfachen Holztischen gaben diesen einen nahezu festlichen Anstrich und der Wirt holte ein paar Kerzen. Deren flackernder Lichtschein liess ein wenig Weihnachtsstimmung aufkommen. Dann verabschiedete sich der Nikolaus. Er habe halt noch viel zu tun, meinte er, und er ging wieder auf die Strasse hinaus. Bis in die späten Nachtstunden zog Benno noch durch die Stadt und sprach mit Einsamen und Alten, tröstete sie und lud einige mit den wenigen Franken, die er noch hatte, zu einem warmen Kaffee ein. Er sah dabei viel Leid und Armut in dieser als reich geltenden Stadt und manche Leute, denen es noch schlechter ging als ihm.

Als er weit nach Mitternacht in seine Hütte beim Bahndamm zurückgekehrt war, zog er das Nikolausgewand wieder aus, legte es in den eleganten Koffer und verschloss diesen. Am Morgen brachte er den Koffer ins Fundbüro. Der etwas verwunderte Blick des Beamten, der den Koffer entgegennahm, störte ihn nicht. «Darf ich noch Ihren Namen und die Adresse haben?», fragte ihn dieser. «Es ist wegen des Finderlohnes.» «Nikolaus, Waldhüslistrasse», sagte Benno fröhlich schmunzelnd und schritt beschwingt die Treppe hinunter wieder auf die Strasse. «Finderlohn, den will ich nicht», dachte Benno für sich. Er hatte ja bereits etwas gefunden, nämlich neuen Mut, seinem Leben doch noch eine Wende zu geben. Das nahm er sich an diesem grauen Dezembermorgen fest vor.

Bertolt Brecht

Das Paket des lieben Gottes

Nehmt eure Stühle und eure Teegläser mit hinten an den Ofen und vergesst den Rum nicht. Es ist gut, es warm zu haben, wenn man von der Kälte erzählt.

Manche Leute, vor allem eine gewisse Sorte Männer, die etwas gegen Sentimentalität haben, haben eine starke Aversion gegen Weihnachten. Aber zumindest eine Weihnachten in meinem Leben ist bei mir wirklich in bester Erinnerung. Das war der Weihnachtsabend 1908 in Chicago.

Ich war anfangs November nach Chicago gekommen und man sagte mir sofort, als ich mich nach der allgemeinen Lage erkundigte, es würde der härteste Winter werden, den diese ohnehin genügend unangenehme Stadt zustande bringen könnte. Als ich fragte, wie es mit den Chancen für einen Kesselschmied stünde, sagte man mir, Kesselschmiede hätten keine Chance, und als ich eine halbwegs mögliche Schlafstelle suchte, war alles zu teuer für mich. Und das erfuhren in diesem Winter 1908 viele in Chicago, aus allen Berufen.

Und der Wind wehte scheusslich vom Michigansee herüber durch den ganzen Dezember und gegen Ende des Monats schlossen auch noch eine Reihe grosser Fleischpackereien ihren Betrieb und warfen eine ganze Flut von Arbeitslosen auf die kalten Strassen.

Wir trabten die ganzen Tage durch sämtliche Stadtviertel und suchten verzweifelt nach etwas Arbeit und waren froh, wenn wir am Abend in einem winzigen, mit erschöpften Leuten angefüllten Lokal im Schlachthofviertel unterkommen konnten. Dort hatten wir es wenigstens warm und konnten ruhig sitzen. Und wir sassen, so lange es irgend ging, mit einem Glas Whisky und wir sparten alles den Tag über auf dieses eine Glas Whisky, in das noch Wärme, Lärm und Kameraden mit einbegriffen waren, all das, was es an Hoffnung für uns noch gab.

Dort sassen wir auch am Weihnachtsabend dieses Jahres und das Lokal war noch überfüllter als gewöhnlich und der Whisky noch wässeriger und das Publikum noch verzweifelter. Es ist einleuchtend, dass weder das Publikum noch der Wirt in Feststimmung geraten, wenn das ganze Problem der Gäste darin besteht, mit einem Glas eine ganze Nacht auszureichen, und das ganze Problem des Wirtes, diejenigen hinauszubringen, die leere Gläser vor sich stehen hatten.

Aber gegen zehn Uhr kamen zwei, drei Burschen herein, die, der Teufel mochte wissen woher, ein paar Dollar in der Tasche hatten, und die luden, weil es doch eben Weihnachten war und Sentimentalität in der Luft lag, das ganze Publikum ein, ein paar Extragläser zu leeren. Fünf Minuten darauf war das ganze Lokal nicht wiederzuerkennen.

Alle holten sich frischen Whisky (und passten nun ungeheuer genau darauf auf, dass ganz korrekt eingeschenkt wurde), die Tische wurden zusammengerückt und ein verfroren aussehendes Mädchen wurde gebeten, einen Cakewalk zu tanzen, wobei sämtliche Festteilnehmer mit den Händen den Takt klatschten. Aber was soll ich sagen, der Teufel mochte seine schwarze Hand im Spiel haben, es kam keine rechte Stimmung auf.

Ja, geradezu von Anfang an nahm die Veranstaltung einen direkt bösartigen Charakter an. Ich denke, es war der Zwang, sich beschenken lassen zu müssen, der alle so aufreizte. Die Spender dieser Weihnachtsstimmung wurden nicht mit freundlichen Augen betrachtet. Schon nach den ersten Gläsern des gestifteten Whiskys wurde der Plan gefasst, eine regelrechte Weihnachtsbescherung, sozusagen ein Unternehmen grösseren Stils, vorzunehmen.

Da ein Überfluss an Geschenkartikeln nicht vorhanden

war, wollte man sich weniger an direkt wertvolle und mehr an solche Geschenke halten, die für die zu Beschenkenden passend waren und vielleicht sogar einen tieferen Sinn ergaben.

So schenkten wir dem Wirt einen Kübel mit schmutzigem Schneewasser von draussen, wo es davon gerade genug gab, damit es mit seinem alten Whisky noch ins neue Jahr hinein ausreichte. Dem Kellner schenkten wir eine alte, erbrochene Konservenbüchse, damit er wenigstens ein anständiges Servicestück hätte, und einem zum Lokal gehörigen Mädchen ein schartiges Taschenmesser, damit es wenigstens die Schicht Puder vom vergangenen Jahr abkratzen könnte.

Alle diese Geschenke wurden von den Anwesenden, vielleicht nur die Beschenkten ausgenommen, mit herausforderndem Beifall bedacht. Und dann kam der Hauptspass.

Es war nämlich unter uns ein Mann, der musste einen schwachen Punkt haben. Er sass jeden Abend da und Leute, die sich auf dergleichen verstanden, glaubten mit Sicherheit behaupten zu können, dass er, so gleichgültig er sich auch geben mochte, eine gewisse unüberwindliche Scheu vor allem, was mit der Polizei zusammenhing, haben musste. Aber jeder Mensch konnte sehen, dass er in keiner guten Haut steckte.

Für diesen Mann dachten wir uns etwas ganz Besonderes aus. Aus einem alten Adressbuch rissen wir mit Erlaubnis des Wirtes drei Seiten aus, auf denen lauter Polizeiwachen standen, schlugen sie sorgfältig in eine Zeitung und überreichten das Paket unserm Mann.

Es trat eine grosse Stille ein, als wir es überreichten. Der Mann nahm zögernd das Paket in die Hand und sah uns mit einem etwas kalkigen Lächeln von unten herauf an. Ich merkte, wie er mit den Fingern das Paket anfühlte, um schon vor dem Öffnen festzustellen, was darin sein könnte. Aber dann machte er es rasch auf.

Und nun geschah etwas sehr Merkwürdiges. Der Mann nestelte eben an der Schnur, mit der das «Geschenk» verschnürt war, als sein Blick, scheinbar abwesend, auf das Zeitungsblatt fiel, in das die interessanten Adressbuchblätter geschlagen waren. Aber da war sein Blick schon nicht mehr abwesend. Sein ganzer dünner Körper (er war sehr lang) krümmte sich sozusagen um das Zeitungsblatt zusammen, er bückte sein Gesicht tief darauf hinunter und las. Niemals, weder vor- noch nachher, habe ich je einen Menschen so lesen sehen. Er verschlang das, was er las, einfach. Und dann schaute er auf. Und wieder hatte ich niemals, weder vor- noch nachher, einen Mann so strahlend schauen sehen wie diesen Mann.

«Da lese ich eben in der Zeitung», sagte er mit einer verrosteten, mühsam ruhigen Stimme, die in lächerlichem Gegensatz zu seinem strahlenden Gesicht stand, «dass die ganze Sache einfach schon lang aufgeklärt ist. Jedermann in Ohio weiss, dass ich mit der ganzen Sache nicht das Geringste zu tun hatte.» Und dann lachte er.

Und wir alle, die erstaunt dabei standen und etwas ganz anderes erwartet hatten und fast nur begriffen, dass der Mann unter irgendeiner Beschuldigung gestanden und inzwischen, wie er eben aus dem Zeitungsblatt erfahren hatte, rehabilitiert worden war, fingen plötzlich an, aus vollem Halse und fast aus dem Herzen mitzulachen, und dadurch kam ein grosser Schwung in unsere Veranstaltung, die gewisse Bitterkeit war überhaupt vergessen und es wurde eine ausgezeichnete Weihnacht, die bis zum Morgen dauerte und alle befriedigte.

Und bei dieser allgemeinen Befriedigung spielte es natürlich gar keine Rolle mehr, dass dieses Zeitungsblatt nicht wir ausgesucht hatten, sondern Gott.

Max Bolliger

Il Panettone

«Nichts für dich!», sagte sie.

Luigi schaute seine Schwiegertochter misstrauisch an. Maria lachte. Es fiel ihr schwer, die Schadenfreude zu verbergen. «Wirklich nichts!», sagte sie noch einmal.

Sie würde sich hüten, das Paket für ihn in Empfang zu nehmen. Vor einem Jahr hatte ihr der Alte deswegen eine Szene gemacht.

Luigi wurde von Jahr zu Jahr merkwürdiger. Seine Marotten waren oft kaum noch zu ertragen. Aber Franco zeigte kein Verständnis für ihre Klagen. Er hatte gut reden. Er brauchte nicht von morgens bis abends mit seinem Vater zusammenzusein.

Es war fünf Tage vor Weihnachten.

Das Paket, das Luigi so ungeduldig erwartete, war ein Panettone, ein Geschenk der Fabrik an ihre pensionierten Arbeiter.

Vierundfünfzig Jahre hatte Luigi in der Spinnerei gearbeitet. Eigentlich genau von dem Tag an, als er aus der Schule gekommen war. Sie war ein Teil seiner selbst geworden. Als der Besitzer der Fabrik in den Dreissigerjahren Konkurs gemacht hatte und beinahe die ganze Belegschaft entlassen musste, hatte Luigi ihm sein Erspartes angeboten. Der Direttore hatte es zurückgewiesen, Tränen in den Augen. Ja, der alte Direttore war ein Herr, ein richtiger Herr ... Seit seinem Schlaganfall zeigte er sich selten im Dorf, aber seine alten Arbeiter kannte er trotzdem noch jeden beim Namen. Er war fünfundachtzig Jahre alt, genau wie Luigi. Damals, in jenem schlechten Jahr, hatte er den wenigen im Betrieb verbliebenen Arbeitern zu Weihnachten einen Panettone geschenkt. Daraus war eine Tradition geworden.

«Die verdammten Pakete!», schimpfte der junge Briefträger vor sich hin. In der Nacht war Schnee gefallen. Es war unmöglich, mit dem Handwagen die engen Gassen hinauf- und hinunterzufahren. Missmutig stapfte Remo durch den Schnee. Viele der alten Leute unterliessen es, ihn von den Treppen und vor den Türen ihrer ineinander verschachtelten Häuser wegzufegen. Sie blieben einfach vor dem Kamin hocken und warteten, bis die Sonne wiederkam.

Und gerade heute musste er nun die unförmigen Panettoneschachteln austragen. Sechsunddreissig Stück! Einige davon in die weit auseinander liegenden Weiler hinaus.

Als Remo den voll beladenen Wagen über die steinerne Brücke zog, hätte er ihn am liebsten in den Fluss gekippt. Was lag den alten Männern und Frauen denn an diesen Kuchen? Den konnten sie sich heute selber kaufen, wenn sie Lust darauf hatten. Die verdammten Kuchen waren nichts anderes als Almosen, ein Trostpflaster für die Armen. Ausgenützt hatte man sie, jahrelang! Der alte Direttore war ein Halsabschneider. Remo dachte an seine riesige, von einem Park und einer hohen Mauer umgebenen Villa, mit Wandgemälden geschmückt, vergoldeten Wasserhähnen in den Badezimmern, Stuckaturen an den Decken. Zum Glück hatten sich die Zeiten geändert. Und sie würden sich weiter ändern. Als Mitglied der Arbeiterpartei würde auch er dafür sorgen.

Remo war vor Luigis Haus angekommen.

Obwohl es immer noch schneite und ein scharfer Wind wehte, stand der Alte vor der Tür und erwartete ihn.

«Endlich!», brummte er, als er das Paket entgegennahm.

«Wirst du ihn noch beissen können?», fragte Remo.

«In Kaffee getunkt, schmeckt er prima!»

Luigi spürte den Spott in Remos Stimme nicht.

«Was liegt dir eigentlich an dem alten Zopf?», bohrte Remo weiter.

Luigi gab keine Antwort. Er hielt das Paket in den Händen und musterte die Adresse. Sie stimmte. Sie kannten ihn also noch, sie hatten ihn nicht vergessen.

«Es wäre gescheiter, sie würden euch einen Hunderter schicken», fuhr Remo fort. Er versuchte, den Alten in Harnisch zu bringen, doch es gelang ihm nicht.

«Ich werde mit denen da unten einmal reden», sagte er und zeigte mit dem Finger auf die am Fluss in der Talsohle gelegene Fabrik.

Von den Baulichkeiten, in denen Luigi gearbeitet hatte, war nicht mehr viel übrig geblieben. Seit die beiden Söhne des Direttore die Leitung übernommen hatten, war vieles anders geworden. In der Trattoria erzählten die jungen Arbeiter von Computern, von modernen Maschinen, einer neuen Kantine, von Mitbestimmung und Gewerkschaftsverträgen.

Luigi hörte ihnen verständnislos zu.

War das überhaupt noch seine Fabrik? Ja, solange an Weihnachten der Panettone kam …

Er klaubte einen Franken aus seiner Westentasche und reichte ihn dem Briefträger.

«Für dich!», sagte er gönnerhaft.

Remo steckte das Geldstück ein.

Er war wütend. Am liebsten hätte er es dem Alten vor die Füsse geworfen. Dieser Trottel! Aber er getraute sich nicht, ihn zu beleidigen. Luigi war sicher der einzige, dem an diesem verdammten Kuchen noch etwas lag.

Im Jahr darauf lag Luigi im Dezember mit einer Lungenentzündung im Bett. Die Asthmaanfälle folgten einander in immer kürzeren Abständen. Er war davon so geschwächt, dass er das Bett kaum mehr verlassen konnte.

Aber den Panettone hatte er nicht vergessen.

Schon zwei Wochen vor Weihnachten fing er an, Maria damit zu quälen.

«Ist er immer noch nicht gekommen?», keuchte er.

Er musste einsehen, dass er den Empfang des Paketes wohl oder übel Maria überlassen musste.

Ob sie in der Fabrik daran dachten?

Im Herbst war der Direttore gestorben. Obwohl Luigi damals schon an einer schweren Bronchitis litt, hatte er sich weder von seinem Sohn noch von seiner Schwiegertochter abhalten lassen, am Begräbnis teilzunehmen.

Von weither waren die Leute gekommen, neben den Honoratioren viele ehemalige Arbeiter und Arbeiterinnen.

Luigi hatte Freunde getroffen. Es war ein Fest geworden und nicht nur Luigi hatte ein Glas zu viel getrunken.

Seither hatte man ihn in der Trattoria nicht mehr gesehen.

«Er ist viel erträglicher, seit er im Bett liegt», sagte Maria zu Franco.

Er war dankbar für die Pflege, und das rührte sie.

«Nur nicht ins Krankenhaus!», bat er.

Seine Frau war im Krankenhaus gestorben und er hatte Angst davor.

«Wir behalten dich zu Hause, solange es geht», versprach ihm Franco.

Es war Luigis Haus. Er hatte es mühsam aus dem zusammengespart, was er aus seinem Verdienst erübrigen konnte.

Die Jungen schienen das vergessen zu haben. Sie hatten seit Jahren von dem Haus Besitz ergriffen, es umgebaut, ein Badezimmer eingerichtet, als ob es ihnen schon gehörte.

Luigi liess sie gewähren.

Was ihn nun beschäftigte, war sein Panettone.

«Er ist besessen davon», sagte Maria zu Franco.

Es schien, als ob sein Leben nur noch an diesem Kuchen hinge.

Drei Tage vor Weihnachten erhielt Luigi seinen Panettone. Maria wunderte sich und schaute den Briefträger fragend an.

Nicht nur Franco, sondern auch sie hatte gehört, der Panettone sei als sinnloses Überbleibsel aus den Vorkriegsjahren von den Söhnen des Direttore abgeschafft worden.

Aber weder sie noch Franco hatten gewagt, es dem Vater zu sagen. Insgeheim hofften sie, er würde das Fest nicht überleben.

«Ich möchte ihm das Paket persönlich überreichen», sagte Remo.

Als er die Kammer Luigis betrat, schrak er zusammen. Er erkannte ihn kaum wieder.

«Hier, dein Panettone!», sagte er eingeschüchtert.

Luigi versuchte, sich zu erheben. Es gelang ihm nicht.

Aber als ihm Remo das Paket auf die Bettkante legte, fingen seine Augen an zu glänzen.

Wie früher prüfte er die Adresse.

Sie stimmte.

Für ihn war Weihnachten geworden.

Er wandte sich Maria zu.

«Gib ihm einen Franken!», flüsterte er.

Remo nahm ihn entgegen. Zum ersten Mal brauchte er sich nicht zu überwinden, Danke zu sagen.

«Woher hast du den Panettone?», fragte Maria, als sie Remo vor die Haustür begleitete.

Remo zögerte.

Sollte er ihr erzählen, dass er eigens dafür in die Stadt gefahren war, dass er sich in der Fabrik eine Klebeadresse erbeten und das Paket selbst gemacht hatte?

Nein, wozu auch?

Er fühlte sich plötzlich in seine Kindertage zurückversetzt und erinnerte sich daran, wie wunderbar es gewesen war, ein Geheimnis zu haben.

«Vom Christkind!», sagte er und machte sich mit seiner Briefträgertasche davon.

-minu

Vier Katzen unterm Weihnachtsbaum

Emma Notz schaute aus dem Fenster. Es nieselte. Und bereits um drei Uhr mittags war es zappenduster. Und trübe. An einigen Fenstern funkelten Weihnachtssterne und Lichtergirlanden ins müde Grau.

Emma Notz faltete den Brief, den sie ihrem Sohn Martin geschrieben hatte, zusammen: «So, nur noch die Läckerli. Und ab auf die Post!»

Seit ihr Mann vor sieben Jahren gestorben war, ertappte sie sich öfters dabei, wie sie mit sich selber plauderte. Das waren die Macken des Alters und wohl ein bisschen Einsamkeit. O.k., da gabs noch ihre Freundin Ursula Trüeb im Haus Nummer 8, mit ihr traf sie sich zweimal wöchentlich zu einem Teeplausch. Aber ansonsten?

Ihr Sohn Martin arbeitete in Portugal. Hin und wieder gabs einen Anruf. Doch drei, nein vier Weihnachten war sie nun alleine gewesen. Martin hatte mit seiner portugiesischen Freundin gefeiert.

Emma Notz seufzte: «Nun ja, wenn er nur glücklich ist. Das ist die Hauptsache.» Es ist nicht einfach, alleine in einem Mietshaus zu leben. Überdies in einem Haus, wo keiner dem anderen ein Wort gönnte. «Grüezi – adieu», das wars auch schon.

Früher, als die alten Rosatis noch hier lebten, wars irgendwie weniger anonym. Da hatte man sich über die Kinder unterhalten. Nun waren die Rosatis nach Sizilien zurückgekehrt, ihr Sohn Gian-Carlo hatte die Wohnung übernommen. Die Alten schickten Emma Notz hin und wieder eine Karte.

Emma musste unwillkürlich lächeln: «Ein ehrgeiziger Kerl, dieser junge Gian-Carlo. Hat sich schon als Kind zünftig an den Laden gelegt und wollte als Zweitgenerationenitaliener nie hinter seinen Schweizer Kameraden zurückstehen. Nun hat ers in seiner Bank bereits zur Prokura gebracht ... seine Eltern schmetterten in jedem Brief Lobeshymnen. Ob er sie an Weihnachten wohl besuchen wird?»

Emma Notz ging in die Küche und holte von ihrem Läckerlivorrat: «Ich werde noch ein Paket nach Sizilien schicken.»

Vreni Lang kam total gestresst aus dem Büro. Caspar löcherte sie: «... und jetzt hat die Katze die Jungen bekommen. Vier Stück. Frau Trüeb hat gesagt, ich dürfte eines haben.»

Die Mutter strich dem Kind gedankenabwesend über den Kopf: «Herr Bitterli erlaubt es nicht. Und die Hausordnung auch nicht, keine Haustiere in der Birkenstrasse 20!» «Wir könntens verstecken», schlug Caspar vor.

Vreni Lang hantierte energisch mit der Bratpfanne und den tief gefrorenen Hamburgern, die sie kurz vor Ladenschluss noch eingekauft hatte. Manchmal wünschte sie sich jemanden, dem sie dies alles delegieren könnte – Hausfrauenpflichten, Mutterstress, alles. Als allein erziehende Mutter stiess sie je länger, desto öfters an die Grenzen ihrer Kraft. Sie hätte gerne eine Atempause lang Ruhe gehabt, jemanden an ihrer Seite, dem sie ihre Sorgen anvertrauen konnte, aber nichts da! Sie hatte sich für den Alleingang entschieden. Wer wird denn da sentimental werden, nur weil Weihnachten vor der Tür steht?

«Das Thema Katzen ist erledigt. Kapiert?!», schaute sie nun ihren Sohn streng an. «Aber bald ist Weihnachten», nölte Caspar, «und da darf man sich doch etwas wünschen!»

Hugo Bitterli guckte nicht schlecht, als der kleine Caspar vom dritten Stock vor seiner Tür stand. Er mochte den Jungen, obwohl er immer wieder die Treppe raufpolterte und mit dem Schulsack dann an seine Tür knallte.

«Was gibts?», grunzte der Abwart.

Caspar strahlte den alten Mann an: «Bald ist doch Weihnachten und da wollte ich meiner Mama etwas schenken, damit sie nicht immer so alleine ist.»

«Aha», sagte Hugo Bitterli. Er hatte sich über das einsame Leben der jungen Vreni Lang schon immer gewundert. Immerhin war sie eine schöne Frau. Aber sie schien keine Freundschaften zu pflegen, lebte nur für ihren Job, eine Karrierefrau. Na ja, ihn ging das nichts an.

«... ein Kätzchen wäre genau das Richtige», hörte er Caspar nun flöten. «Und da Frau Trüebs Molli doch Junge hat, habe ich mir gedacht ...»

«Kommt gar nicht in Frage!», knurrte Hugo Bitterli.

Gian-Carlo Rosati fand den Jungen auf der Haustreppe. Der Kleine weinte still vor sich hin.

Der Prokurist nahm ihn, von der Situation etwas überfordert, leicht verlegen in seine Wohnung. Er schob ihm ziemlich gestresst eine Büchse Cola zu. Eigentlich hätte er noch viel zu tun gehabt, eine Mappe voller Abrechnungen wartete auf ihn, aber der Kleine sah wirklich erbärmlich aus.

«... und wenn Frau Trüeb niemanden findet, der die Katzen nimmt, müssen die Tierchen sterben. Und ...»

Gian-Carlo Rosati klopfte dem Kleinen auf die Schulter: «Ja, was sagt denn deine Mutter dazu?»

«Die schafft. Die schafft immer. Die hat keine Zeit.»

Gian-Carlo Rosati fühlte einen sanften Stich. Hatte nicht seine Mutter am Telefon aus Palermo auch *ihm* kürzlich Vorwürfe gemacht: «Du hast nur Zeit für deinen Beruf und nicht für das Leben. Das ist schlecht, mein Junge!»

Nun hielt er dem Kleinen ein Papiertaschentuch hin. «Da, schnäuz dir den Rüssel und hör auf zu heulen, bald ist Weihnachten. Und Weihnachten ist die Zeit der Wunder.» Caspar schaute auf: «Auch der Katzenwunder?»

«Wer weiss?», lachte Gian-Carlo.

Dicke Flocken tanzten am Heiligen Abend auf die Stadt. Ursula Trüeb nahm Molli in die Arme: «Was sagst du nun? Weisse Weihnachten! Das gabs schon lange nicht mehr.»

Es klingelte.

Emma Notz schlüpfte mit einem Geschenkpaket unter dem Arm in die Stube ihrer Freundin: «Hier, Läckerli, wie immer. Ich wünsche dir alles Schöne und Gute.»

Dann lachte sie: «Uns kann Weihnachten nichts mehr Neues bringen.»

«Das sagst du!», rief nun Ursula aus der Küche, wo sie das Kaffeewasser aufsetzte, «seit heute glaube ich wieder an das Christkind. Und an alle seine Weihnachtsüberraschungen.»

Sie kam in die Stube zurück. Und strahlte: «Also, nach dem Stephanstag hätte ich die kleinen Kätzchen doch zum Einschläfern bringen müssen. Ich habe mir so sehr gewünscht, es würde da ein Wunder passieren. Und was passiert nun heute morgen? Eines nach dem anderen bekommt ein Plätzchen, ist das nicht wunderbar? Nun habe ich nur noch eines.»

Noch eines? Emma Notz nahms als Wink des Schicksals: «Das nehm ich, der kleine Bub in unserem Haus wünscht sich so sehr ein Kätzchen!»

«Ja und dein Abwart?»

Emma Notz stellte die Brust: «Der kann mich mal!»

Für Caspar wurde es der schönste Heilige Abend aller Zeiten.

Immer wieder streichelte er das kleine Käterchen in seinen Armen. Vreni schaute ihm mit einem Klotz im Hals zu: «Er fühlt sich einsam, genau wie ich!»

Dann strich sie ihrem Sohn über den Kopf: «Wir müssen fest aufpassen, dass es Herr Bitterli nicht merkt, sonst gibts Zoff.»

Die beiden wollten eben die Kerzen am Baum anzünden, als es klingelte.

Vreni zuckte zusammen. Besuch? Am Heiligen Abend? Sie schaute durchs Guckloch. Draussen stand Emma Notz. Sie hielt etwas Kleines auf dem Arm, dazu ein Paket. Vreni öffnete die Türe.

«Frohe Weihnacht!», trompetete Emma Notz und kam in die Wohnung, «die Läckerli sind für Sie, das Kätzchen hier für Caspar.» Noch bevor Vreni etwas sagen konnte, schellte es schon wieder.

Als sie die Tür öffnete, hielt ihr Gian-Carlo vom oberen Stock etwas unsicher lächelnd einen Blumenstrauss und ein Kätzchen entgegen: «Die Blumen sind für die schöne Mama, das Wollknäuelchen hier für Caspar. Er darf das Kätzchen doch behalten?»

«Das?», lachte nun Vreni hell auf. «*Die*! Es sind nämlich mittlerweile drei!»

Die Bewohner der Birkenstrasse 20 sassen alle um den kleinen Weihnachtsbaum und knabberten von den Läckerli, die Emma Notz mitgebracht hatte. Die Stimmung war urgemütlich und später erzählte Emma ihrer Freundin Ursula Trüeb: «Also ich schwöre dir, zwischen Gian-Carlo und Vreni hats gleich wie ein ganzes Feuerwerk gefunkt. Wenn du mich fragst, werden die ihre Wohnungen wohl bald einmal zusammenlegen. Samt ihren beiden Katzen.»

«Es waren doch drei», unterbrach Ursula die Geschichte.

«Vier!», lachte Emma. «Ich hatte mich eben entschlossen, mein Kätzchen für mich zu behalten, als es heftig an der Tür klopfte. Vreni ging zum Guckloch und kam kreidebleich zurück: «Der alte Bitterli steht draussen. Sicher hat er das mit den Katzen mitbekommen. Rasch, alle Tiere und Caspar ins Schlafzimmer. Versteckt euch!»

Dann öffnete Vreni Lang die Wohnungstür. Hugo Bitterli schaute etwas unbeholfen in die Festrunde: «Also, frohes Fest, liebe Frau Lang. Hier habe ich eine Flasche Eiercognac. Das ist für Sie. Und da habe ich ein kleines Kätzchen, das ist für Caspar. Ich dachte, wir machen mal eine Ausnahme. Die Hausverwaltung braucht nicht alles zu wissen.»

Da fiel Vreni dem alten Abwart um den Hals: «Kommen Sie herein, Herr Bitteli, herzlich willkommen im Katzenklub!»

Bruno Schlatter

Die weihnachtlichen Streifzüge der Frau Fisch

Sie war gar nicht beliebt im Altersheim, die Frau Fisch. Sie war eine dieser Menschen, die einem, wenn nicht auf den ersten, dann sicher auf den zweiten Blick unsympathisch waren. Vielleicht zu Unrecht, ein ganzes Leben lang. Kein Wunder, dass die alte Frau eine schrullige, unnahbare, geradezu unausstehliche Person geworden war. Fast niemand mochte sie, selten sprach jemand mit ihr. Und wenn Frau Fisch sprach, so war es mit ein paar Katzen, die jeden Abend ums Heim schlichen und von der alten Frau gefüttert wurden. Die wenigen Franken, die ihr für ihren Lebensabend blieben, ein bescheidenes Sackgeld vom Sozialamt, verschwendete sie für Futter. Bald einmal waren sich fast alle Pensionäre einig: Die spinnt ein wenig. Und mit der Zeit bekam Frau Fisch den Übernamen «Die Katze». Trotz ihren einundachtzig Jahren war aber die Frau von einer erstaunlichen Vitalität. Und weil sie spürte, dass man sie nicht sonderlich mochte, war sie die meiste Zeit ausser Haus. Mit ihrem schwarzen abgeschabten Lodenmantel, einem alten schäbigen Rucksack am Rücken und den langen wirren Haaren fiel sie besonders auf. Und schon manch ein Kindermund fragte verstohlen seine Mutter: «Mammi, ist das eine Hexe?» Am Abend sass die einsame Frau meistens auf der Bank im nahe gelegenen Park und sprach mit ihren geliebten Katzen. Auch der Heimleiter Peter Vogt mochte Frau Fisch nicht und schon mehrmals gerieten sie sich in die Haare wegen der Katzen, die um das Haus schlichen. «Ich werde dafür sorgen, dass Ihnen das Sackgeld gestrichen wird, wenn Sies nur fürs Katzenfutter ausgeben. Und erst noch die Sauerei.» Aber dann tat ihm Frau Fisch wieder Leid und die Katzen schienen wirklich die einzige Freude der alten Frau zu sein.

Doch um die Weihnachtszeit passierte Erstaunliches mit Frau Fisch. An manch einem kalten Winterabend miauten die Katzen ums Altersheim und warteten lange aufs Fressen. Schon am frühen Nachmittag marschierte Frau Fisch zielstrebig aus dem Altersheim und erst sehr spät in der Nacht kam sie zurück. «Was macht denn die Katze bis spät in der Nacht?» oder «Wo treibt sich die Fisch die ganze Nacht herum?», tuschelten ein paar beim Abendessen, als sie bemerkten, dass die alte Frau nicht an ihrem Platz sass. Doch Frau Fisch hatte nur ein Ziel: Sie wollte in möglichst kurzer Zeit alle Klaus- und Weihnachtsfeiern besuchen. Vor allem die, wo es etwas zu essen gab und – das war für sie viel wichtiger – wo sie auch ein Geschenk bekam. Die alte Frau wusste genau, wann, wo und was.

Caritas, Heilsarmee, Pfarrgemeinden, aber auch private Organisationen waren ihr Ziel. Schaumbad, Christstollen, Ovomaltine, Hautcreme, Kalender, Kugelschreiber, Wollhandschuhe, Vitamingetränke und immer wieder ein Schaumbad füllten ihren Rucksack. Daneben ein Haufen Kleinkram und Knabbereien.

Ärgerlich wurde Frau Fisch nur, wenn sich zwei lohnende Weihnachtsfeiern überschnitten. Dass sie bei den meisten bis am Schluss ausharren musste, sich all die schönen Worte und feierlichen Gesänge anhören musste, ärgerte sie zwar, aber daran gab es nichts zu rütteln. Nur wer bis zum Schluss blieb, durfte das Päckli in Empfang nehmen. Dort aber, wo es sich lohnte, und das wusste die «Katze» genau, versuchte sie mit allen Tricks mehrmals anzustehen.

Als eine der Ersten in der Reihe versteckte sie ihr Paket sofort im Rucksack, öffnete ihren extra gemachten Haarknoten, zog blitzschnell ihren roten Plastikregenmantel über und stand nochmals in die Reihe. Meistens funktionierte der Trick und die pfiffige Frau Fisch freute sich diebisch. Noch mehr

Spass machte es ihr aber, am Samstagmorgen an der Bahnhofstrasse in die elegantesten Parfümerien zu platzen und die jungen eleganten Verkäuferinnen nach Müsterli zu fragen. «Aber bitte keine Niveacreme und Schaumbäder, am liebsten hätte ich schon ein herziges Parfümfläschli.» War es die Unverfrorenheit der alten Dame oder auch etwas Mitleid – die Betteltour funktionierte meistens. Und zögerte einmal eine der jungen Verkäuferinnen, doppelte Frau Fisch nach: «Auch Sie werden einmal alt, hübsches Fräulein, und auch alte Leute möchten wenigstens um die Weihnachtszeit einmal besonders elegant ‹schmöcken›.» Dieser Satz sass meistens und schlug sich in mehreren kleinen Parfümfläschli nieder.

So kam es, dass Frau Fisch so manchen Abend todmüde, aber mit vollgepacktem Rucksack in den Bus stieg und die letzten Meter von der Haltestelle zum Altersheim beinahe mit geschlossenen Augen zurücklegte. Obwohl sie versuchte, unbemerkt ins Haus zu kommen, gelang ihr das nicht immer und mehrmals spürte sie die kritischen Blicke des Heimleiters. Da war es noch so spät, ihre Katzen vergass sie nie, was ihr immer wieder harte Worte des Heimleiters eintrug. Andererseits machte sich dieser auch Sorgen um die alte Einzelgängerin und als er vom Zimmermädchen erfuhr, dass Frau Fisch das ganze Zimmer voll von gehamsterter und zusammengebettelter Ware habe, beschloss er, die Frau zur Rede zu stellen. Gleich nach der hausinternen Weihnachtsfeier wollte er es tun. Doch zu seiner Feier am Heiligen Abend kam sie nicht.

Es war schon mäuschenstill im Altersheim und kurz nach Mitternacht, der Weihnachtstag war angebrochen, als der Heimleiter seinen letzten Rundgang durchs Haus antrat. Überall war es finster, nur bei der Frau Fisch sah er einen Lichtschein unter der Türe durchschimmern und es war ihm, als hörte er ganz leise Weihnachtsmusik. «Da hat sie wieder einmal den Radio vergessen und ist eingeschlafen», dachte Herr Vogt und öffnete leise und behutsam mit seinem Universalschlüssel die Zimmertür von Frau Fisch. Da sass sie, ihren Kopf nach unten geknickt, im Stuhl und schlief. Das Zimmer aber war übersät mit Papierschnipseln, der Tisch glich einem kleinen Warenlager. Ganze Reihen Schaumbäder und Dutzende von Parfümmüsterli stachen dem Heimleiter ins Auge. Erst auf den zweiten Blick entdeckte er die Weihnachtspäckli am Boden, jedes mit einem Namensschild versehen. Emma Blum, Klara Moser, Franz Edelmann. Heimleiter Vogt brauchte nicht weiterzulesen, er kannte die Namen. Es waren alles Pensionäre in seinem Heim. Es waren die, die auf fremde Hilfe angewiesen waren, im Rollstuhl sassen und kaum aus dem Haus kamen. Etwa zwanzig Päckli waren so fertig, ehe die alte Dame vom Schlaf erfasst wurde. Herr Vogt betrachtete schweigend und nachdenklich die schlafende Frau Fisch. Ab jetzt war Frau Fisch für ihn mehr als nur eine schrullige Einzelgängerin. Ja, er war stolz, dass sie bei ihm zu Hause war.

Leise und etwas beschämt ging er aus dem Zimmer und schloss die Tür. Erst jetzt klopfte er mehrmals an und rief freundlich: «Frau Fisch, Frau Fisch, sind sie eingeschlafen?» Die alte Dame horchte auf, es dauerte einige Sekunden, ehe sie rief: «Alles in Ordnung, gute Nacht.» Herr Vogt wollte das Geheimnis der alten Frau nicht enthüllen und liess sie im Glauben, dass er von nichts wisse. Am Weihnachtsmorgen fanden alle Pensionäre ein Päcklein vor ihrer Türe und freuten sich riesig ob dem unerwarteten Geschenk. Am meisten überrascht aber war Frau Fisch, als auch sie vor ihrer Tür ein grosses Paket und einen wunderschönen Blumenstrauss fand. Noch grösser wurden ihre Augen, als sie das Päcklein öffnete … Es war ein neues Rucksäcklein voll von Katzenfutter!